FLORET
READING

小花阅读

我们只写有爱的故事

青春阅读　幸得相见

大鱼

有爱的青春陪伴者

他观测过无数颗 星星，

可是没有 一颗，

比她的存在还要 光亮。

是她 照亮了他。

只要是你，佳期未晚
Zhiyaoshini, Jiaqiweiwan
鹿拾尔
Lushier
著
百花洲文艺出版社
BAIHUAZHOU LITERATURE AND ART PRESS

鹿拾尔

Lushier

小/花/阅/读/签/约/作/者

永远的超级英雄电影狂热粉。

没有故事，但喜欢听故事和写故事。

希望能一直行走在路上，遇见有趣的人，成为有趣的人。

伙伴昵称：612、桃子

代表作

《忆我旧星辰》

《听你说你愿意》

《鱼在水里唱着歌》

目录

Contents

目录
Contents

「楔子」梦中的泰坦尼克

“Outwardly，I was everything a well-brought up girl should be. Inside，I was screaming.”

……

“I figure life is a gift and I don’t intend on wasting it.You never know what hand you’re going to get dealt next. You learn to take life as it comes at you.”

……

悠扬的背景音乐响起。

高三第一次模拟考试刚刚结束，兰因中学高三年级以年级平均分超过其他学校而顺利夺得了全市第一名，学校特意让大家放松放松，组织全年级学生在教室里观看电影。

教室里没有人说话，所有人都全神贯注地盯着幕布，为《泰坦尼克号》里 Jack 和 Rose 的爱情故事而动容。

林清昼也揪着一颗心，完全被电影情节吸引住。

正看得入迷，一双手忽然从身后覆盖住了她的眼眸，她的耳边传来戏谑的声音：“猜猜我是谁？”

不用猜就能知道，熟悉的嗓音让林清昼吓了一大跳，电影里暴风骤雨，她的心底同样兵荒马乱。

她飞快把他的手拿开，无奈地转头看他：“你来做什么呀？现在……现在可是晚自习时间。”

模样清俊的少年丝毫不在意她的同桌好奇的目光，他微一耸肩，回答得理所当然：“当然是来看你。”

他目光在幕布上顿了顿，从喉咙里溢出一丝笑：“《泰坦尼克号》？我们班在看《美丽人生》，我已经看过好几遍了，不如留在这儿陪你一起看好了。”

他向来喜欢擅作主张。

林清昼小心注意着周围同学的反应，教室里很暗，再加上她坐在后排，注意到他出现的人并不多。

她推搡着他来到教室后门处，连声催促：“好了，你别闹了，赶紧回你们班去吧。”

少年微微抬眉：“怎么，我见不得人？”

林清昼觉得眼前这个人简直不可理喻：“我这是替你着想好不好，要是老师进来看到你怎么办？”

他是校园里的风云人物，叛逆胆大，做过不少轰动全校的事情，没有人不知道他的名字。

他却不以为意，懒洋洋地说了一句：“看到就看到呗。”

林清昼被他气得头疼：“会扣分的！”

少年被她傻傻呆呆的样子逗乐，勉强控制住揉一把她头发的念头，他笑：“放心，出了什么事，我一个人承担，绝不让你为难。”

“这不是承担不承担的问题。”

林清昼还是不放心，频频往窗外张望：“你过来找我，是有什么事情吗？”

少年终于正色，不躲不避地盯住她的眼睛：“林清昼，你已经躲我好几天了。”

林清昼支支吾吾：“你误会了……我没有躲你。”

少年一挑眉：“那这几天怎么不见你去食堂吃饭？”

“我……我忙着准备考试呢，让同学给我带的饭。”

“所以你明天会在食堂出现？”

“当然。”

林清昼很想气恼地问一句，难道她不去食堂，不陪着他坐在一块，他就吃不下饭了吗？

可她没有勇气问出口。

少年笑了笑：“那好，那你现在回答我，我之前问你的话，你考虑得怎么样了？”

电影剧情逐渐发展到高潮，激烈的背景音几乎将他们的声音淹没。林清昼一愣，目光躲闪一下，含混不清地说：“啊……我……不如你还是先……先回去吧。”

“喂，林清昼。”

少年干脆逼近一步，直到把林清昼逼到了角落里，他微微俯身直视着她的眼睛，语气是从未有过的正经和严肃：“你搞清楚，我在追你。”

他的声音压得很低，轻到只有林清昼能听见。

他比她高出一个头，轻而易举就可以压制住她。林清昼下意识地后退，却发现自己早已退无可退。她被他的直白吓得大脑一片空白，又或许是两人之间的距离过于接近，她连呼吸也困难。

她双手抵住他的肩膀，却怎么也推不动，只能别开脸，发出一声微弱的抵抗：“你别……”

面前的少年顿了顿，眉梢微动，似乎意识到什么，他憋住试图上扬的嘴角：“林清昼，你以为我要做什么？”

脸颊红透的少女面对少年毫不掩饰的炽热目光，明显有些惊慌失措：“我没……我什么都没以为。”

对面的少年却又逼近了一步，呼吸落在她耳畔上，他嘴角弯起弧度，满眼掩饰不住的戏谑。

“林清昼，你不会以为……我要亲你吧？”

林清昼当然立刻否认，她难堪得恨不能找个地洞钻进去：“我才没有，你别乱说！”

少年却扑哧一下笑出了声，他喟叹了一声，目光从她的眼睛一路往下滑，说话的声音低到像是在自言自语：“我的确很想这么做。”

林清昼的心跳忽然就不受控地漏了一拍。

林清昼干脆装作没听到，低着头推着他出去：“已经不早了，你快点回去吧，要是被你们班主任知道了怎么办？你这不是第一次翘晚自习了吧？你怎么这么喜欢违反纪律呀？”

察觉到了她的担忧，他任由她推着，语气也软了下来：“知道了，知道了，我这就走。”

少年在踏出教室后忽然又转过身来，他双手抱胸，定定望着少女清秀的面庞：“喂，林清昼，走之前，我再问你一遍。”

月光打在他的身后，给他的轮廓镀上一层冷色调，衬得少年的身形高瘦而挺拔。

他的眼眸弯起，眼神宛如一株风雨中飘摇的绝美罂粟花，危险神秘诱人沉沦，不容回避，不容抗拒。

“要不要和我在一起？”

电影里电闪雷鸣，尖叫声此起彼伏，承载着无数人希望和梦想的大船即将沉没，女主角 Rose 却冒着生命危险返回大船寻找男主角 Jack。见到彼此后，Rose 再度说起那句经典台词：“You jump，I jump.”

林清昼嗫嚅：“我……我不知道。”

林清昼手足无措，完全不知道该如何应对少年的猛烈攻势。

他却笑了：“好了，我不催你，你可以慢慢考虑。”

少年的眉眼柔和下来，他并不觉得挫败，永远自信满满：“如果你第一百次才会答应我，那我就问够你一百次；如果你需要考虑九百九十九天，那我就等你九百九十九天，我会等到的。”

林清昼小声说：“好了，你快回去吧。”

不敢再和少年对视，在表情泄露心绪之前，她关上了后门，靠着门深吸了一口气。怔了半晌后，林清昼轻声重复那句电影里的台词：“You jump，I jump.”

永不沉没的泰坦尼克号即将沉入海底，她似乎也即将沉溺于他的眼眸之中。

不得不承认，她的心脏因他而剧烈跳动。

他是天之骄子，他是最耀眼的太阳，所有人都仰望着他，可他偏偏注意到了隐藏在角落里拼命生长的她，她惴惴不安却又满心感动。

她渴望汲取温暖的阳光，可又担心冰冷的黑夜会骤然降临。

可在这一刻，You jump，I jump.

生死相随，你跳我便跟着跳。

哪怕会坠入深渊，哪怕会万劫不复。

她想，只要他在，自己什么也不怕。

「第一章」

过往和他皆不能幸免

闹钟准时在下午两点响了起来。

林清昼熟练地关掉床头的闹钟，慢慢将自己从冗长烦琐的梦境中抽离出来。

窗外阳光炙热，楼下车水马龙，骑着自行车的中学生成群结队往学校的方向而去。回来快半个月了，她还是不能完全适应这里。

林清昼看一眼镜子里的自己，眼底似乎残留着可疑的水光，但仔细一瞧，又似乎只是错觉。

她昨晚工作熬了通宵，历时五个月，终于将国外的刺绣订单完成，接下来，等刺绣巡回展的最后一站结束后，她准备给自己放个小长假。

今天下午三点好友李毫微将举办国风时装秀，他千叮咛万嘱咐过，让她一定要出席。

林清昼极有时间观念，简单地洗漱过后，她提早半小时便到达了现场——拂风市最奢华的四时晨昏酒店。

一走进秀场，便见李毫微在和到场的嘉宾闲谈。看到林清昼出现，他便自然招呼她过去，跟她介绍道："清昼，这是拂风市最大的服装公司的方总，对我帮助很大，如果没有方总，恐怕就不会有今天这场秀了。"

不比李毫微能言善辩，林清昼只礼貌地打了个招呼：“方总，很高兴认识您。”

方总被李毫微这番恭维逗得大笑：“你呀你，就凭你的设计能力，只怕不少人抢着承办这场秀吧？是我运气好罢了。”

“方总太客气了。”

方总的目光落在突然出现的这位年轻女子身上：“这位是？”

李毫微顺势把林清昼往前一推，语气隐隐自豪：“方总，给您介绍下，这位是我的好朋友林清昼，也是我此次时装秀的灵感缪斯。她的刺绣手艺很好的，有机会的话，还请方总多多关照。”

对面的方总似乎对这个名字有所耳闻，恍然大悟：“刺绣？林清昼？周六市中心的刺绣巡回展，展出的就是林小姐的作品吧？”

林清昼点了一下头，谦虚地说：“巡回展里的确有几幅我的拙作，还有不少优秀同行们的作品。”

方总看起来对林清昼很是欣赏：“林小姐真是太谦虚了，您可是近段时间声名远扬的刺绣大师！年纪轻轻就得了不少国内外的大奖！我女儿在国外念书，她前段时间正好参观了这个巡回展，对林小姐您的作品赞誉有加，说您绣的动物植物栩栩如生，连水墨画都会绣，一直跟我们嚷着想去学刺绣呢。”

寒暄过后，林清昼留了不少现场各界人士的联络方式。

距离大秀开始只剩两分钟，李毫微领着林清昼坐在了前排的 VVIP 席位上，旁边不是一线明星就是商界名流。

林清昼真诚地跟李毫微道谢：“毫微哥，谢谢你了。”

她当然明白李毫微的深意，她之前一直在外地“流浪”，此次回来一是为了筹备巡回展的最后一站，二是想回到熟悉的城市发展。要不是他，她根本无法短时间在拂风市积累到人脉。

李毫微白了林清昼一眼：“咱俩谁跟谁？你永远是我妹妹，跟哥哥说什么谢谢？你免费帮我设计的服装出主意的时候，我也没说谢谢啊，有空说谢谢，不如请我喝一杯。”

林清昼当然爽快地答应：“当然没问题，等大秀结束后就请你，想吃什么都可以——你没有跟其他人有约吧？”

“我可推了不少女明星的邀约，就等着你呢。”

林清昼笑出声：“那万一我没约你怎么办？”

李毫微横了她一眼，作势要揍她：“这么长时间没联系了，你敢不约我？”

林清昼赶紧安抚他：“当然不敢了，我这就去找您的助理，看您什么时候有空。”

李毫微勉强满意了：“这还差不多。”

李毫微是林清昼的邻居，两人是一块长大的青梅竹马，他比她大几岁。他的父母一直很照顾她，曾一度想要给他们定娃娃亲，只可惜他们俩之间一直没火花。

林清昼高中结束便一直潜心学习刺绣，小有名气后，近半年受邀在世界各地传播刺绣文化。而李毫微早早出国，一直在时尚之都潜心学习设计，只求创作出最棒的服装作品。

两人好多年没见了，再次见面，还是一如既往地亲切和温暖。

模特一个接着一个走上T台。

华丽的国风设计风格赢得了现场一阵又一阵掌声。

压轴的女模特穿着设计最华美的黑色长裙，上半身有传统服饰中的盘扣元素，下半身的裙摆层层叠叠由浅至深，用银色的丝线绣了大片的芙蓉，低调而优雅。

精致的服装衬托得女模特像一朵清纯可爱的小白花，可她表情很局促，步子也有些迟缓，果不其然，在即将抵达T台尽头的时候，她一个不慎踩到裙尾，摔倒在地。

出糗后，她没有立即站起来，而是呆坐在原地，不知所措地四处张望，一下子红了眼眶。

全场在短暂的安静后，开始交头接耳，对这个突发状况议论纷纷。

林清昼皱了一下眉头：“她是有后台的吗？应该不是专业模特吧？”

并非她没有同情心，模特摔倒并不可怕，但在面对这种突发状况时，显然那名女模特的应对能力极差。

“对，是主办方塞的人。”

李毫微赶紧起身指挥工作人员去扶她，可一个身影比工作人员更快，他忽然大步跨上台，一身剪裁合体的黑色西服，高瘦挺拔的身形，容貌似乎比刚才登台的男模特还要精致好看几分，姿态从容得仿佛他才是掌控全场的那一个。

看清他侧脸的那一刻，林清昼脸色骤变，浑身一冷。

她脑子里“嗡”的一声，连呼吸都要停止。

林清昼脑海中霎时间思绪如麻，无数回忆纷至沓来，猝不及防将她吞没。

他的名字、他的声音、他的微笑和皱眉的表情，她在无数次午夜梦回时，都会想起。

他曾一遍又一遍，不厌其烦地跟在她身边念叨着她的名字：

“林清昼，我喜欢你。”

“林清昼，你胆子大了是不是？敢不理我？”

“林清昼，不许冲别的男生笑，听到没有？”

……

他从不掩饰自己的感情。

他费尽心力，在纪律严格的校园里肆意妄为，只为制造惊喜博她一笑。

他曾带给她无数惊心动魄的欢欣，以及无尽刻骨铭心的痛楚。

虞桉，这个令她永生难忘的人，她曾以为，这辈子都不会再和他相见了。

只见虞桉蹲在美貌的女模特面前，他一如既往不在意别人的眼光，耐心地安抚她。

他的嗓音低缓而温和：“扭到脚了吗？”

女模特噙着泪点头：“好像是……好痛。”

他轻声询问：“我抱你下去？”

“好。”

女模特点点头，擦了一把挂在眼尾的泪珠，乖巧地伸手环抱住了他的脖颈。

虞桉脸上浮现一丝很淡的笑，微微用力便将她轻巧地抱起来，径直下了台，周围嘉宾一阵哗然。

他大胆出格的魄力无人能及。

身边的李毫微并不意外虞桉的出现。

他抬了抬下巴，轻声跟身旁的林清昼介绍说："那是虞氏企业的少爷，名字叫虞桉，他就是这次时装秀的主办方。这家四时晨昏酒店是虞氏的产业，听说他一直在国外天文研究所工作。"

"天文研究……"林清昼定定望着那个方向低声重复。

"对，他挺厉害的，在天文研究方面颇有成就，在国家级刊物上发表过不少论文，去年年底才被国家天文研究所聘请回来，现在是拂风大学天文学系的特聘教授。"

林清昼冷笑，虞桉果然……一直在坚持自己的初心。

李毫微又指了指他们的背影："那个摔倒的女模特名叫夏长悠，也是有钱人家的大小姐，她就是虞桉费了很大劲塞进来的。"

林清昼怔了怔，骤然相见的冲击加上这句话包含的信息量，让她的心情一时难以平复。

李毫微并没有注意到林清昼的异常，而是饶有兴致地跟她八卦："听说虞桉一直在追求夏长悠，之前一直不知道是真是假，现在看这个样子，他们之间倒是亲密得很。对了，虞桉以前好像跟你是同一个中学的，听说他挺出名的，不知道你认不认识？"

李毫微转头望向林清昼，可她的脸上并没什么表情，似乎对他所言并不感兴趣，只是淡漠地稍一点头：“嗯，是挺巧的。”

所有模特展示完毕，李毫微上台发言。

林清昼依旧心神不宁，她的目光不受控地望向虞桉的方向，只见他把夏长悠扶到了前排座位上。场内浓妆艳抹的模特明星众多，他并没有注意到坐在斜对面不远处的她，甚至没有往这个方向看过一眼。虞桉只是认真地注视着夏长悠，同夏长悠耳语了几句，夏长悠神情沮丧，耷拉着脑袋乖乖听他说话。

他们周围好像有一道天然的屏障，谁也无法进入，一如当初的他们。

林清昼心中钝痛，她自嘲般笑了笑，转头不再看。

大秀结束后，林清昼陪李毫微去后台拿东西，两人商量着等会儿去哪里吃饭。

林清昼说：“我好多年没回来了，不知道哪里有好吃的，不如你来推荐？”

李毫微跟几位模特叮嘱了几句后，玩笑说：“究竟我请还是你请？我推荐不就是我请客的意思吗？”

林清昼一脸为难，硬着头皮说：“如果你不嫌弃的话，我可以带你去吃我以前读高中时最爱吃的大排档——前提是那家店还没倒闭。”

李毫微乐了：“大排档？我正好很久没吃过大排档了，走起走起。”

正说着话，身后不远处忽然传来熟悉的嗓音：“李先生。”

李毫微转过头去，看清来人后，笑起来，喊出他的名字：“虞桉先生。”

林清昼呼吸骤停，下意识也转过头去，目光一下子便追寻到虞桉。

他气质出众，实在太过耀眼太过夺目，再加上时光沉淀带来的成熟和自信，即便有意收敛了锋芒，但他的存在感之强烈依旧让人无法忽视。

她在心底叹了口气，时光荏苒，本以为自己早已将一切都放下了。

却没料想过，狭路相逢，过往和他皆不能幸免。

不远处虞桉亦漫不经心地转眸看过来，他的视线穿过熙熙攘攘的人群，穿过山川河海岁月悠悠，忽然就落定在林清昼身上。

没想到会在这里见到林清昼，虞桉的动作似乎停滞了一下，唇边笃定自如的微笑僵了僵，他似乎不敢置信。

两人对视的那几秒变得无比漫长。

林清昼清瘦了很多，头发也长长了许多，学会了化淡妆，甚至学会了穿讨厌的高跟鞋，她的眼神清冷而坚定。

看到他，她似乎并不惊讶。

八年了，他不再是当初那个年少气盛无所畏惧的虞桉，而她似乎也不再是当初那个羞怯可爱小心翼翼的林清昼了。

一切都变了。

短暂的愣怔后，虞桉的神情重新归于沉静。

他移开目光，径直走了过来，先是镇定地跟李毫微道歉：“刚才长悠的事，我替她跟您道个歉，她第一次走T台，太紧张了。如果对您造成了任何损失，由我承担。”

林清昼听得有些恍神，这话听起来隐隐熟悉，可放在今时今地，却又无比讽刺——

他是为了夏长悠而来的。

他维护着夏长悠，一如当初维护着她。

那些曾经深情款款只说给她一人听的承诺，放在今日通通成了笑话。

大概是因为当时太年轻，所以轻易就相信了天长地久。

李毫微摆摆手，开玩笑说：“夏长悠小姐人没事就好，我还得感谢她给了我们一个免费上头条的机会呢。”

虞桉抿唇笑了笑，然后视线重新落定在林清昼身上，像第一次见面般，微微抬起眉：“这位是？”

李毫微自然地介绍：“这位是林清昼小姐，我的朋友，她是国内新晋的刺绣大师，刺绣手艺极其高超，各种绣法都不在话下，前段时间还作为代表去国外做了演讲，过几天拂风市中心还有她的刺绣巡回展。”

若是在别人面前，林清昼肯定要自谦几句，担不起“大师”这个名头，可在虞桉面前，她不想示弱。

虞桉主动伸出手，语气却礼貌又疏离：“你好，我叫虞桉，很高兴认识你。”

他一字一句说得缓慢，一眨不眨地望着她。

林清昼并没有跟虞桉握手的意思，她的神经绷到了最紧，不肯泄露一丝一毫情绪。她只简单地点了下头，将名片递给他，礼貌地说：“你好，林清昼。”

连她自己都没有想到，再次相遇，他们之间会如此——平静。

李毫微瞥了林清昼一眼，察觉到了她的反常，不动声色地帮她解围："清昼昨晚通宵在工作，现在身体不太舒服。"

虞桉自然地放下手，并不觉得尴尬。他简单地扫过名片上的几行字，彬彬有礼地夸赞了一句："林小姐年轻有为。"

林清昼看虞桉这副虚伪的样子只觉好笑，遂冷冷淡淡地回复："过奖了。听说虞先生在天文学领域也很出色，能在一个领域坚持这么久并做出成绩，实在令人佩服。"

虞桉眼皮微微一掀，似乎意有所指："爱好罢了，我从小就对天文学感兴趣，对我而言，坚持并不是难事。"

他顿了半秒，笑道："反倒是林小姐，不走寻常路，选择传承传统文化，更加让人钦佩。"

两人一口一个"小姐""先生"，互相吹捧，仿佛真的是第一次见面。

虞桉似乎对巡回展很感兴趣，话题一转，问她："林小姐的巡回展是什么时候？"

林清昼答："这周六开始。"

虞桉思忖了两秒，目光落在她脸庞上，似笑非笑："不知道有没有这个荣幸能让林小姐给我留上一两幅作品，让我这种俗人也能收藏欣赏一番？价格你随便开就好。"

林清昼说话的口吻平平淡淡："虞先生要是感兴趣的话，周六直接过去就可以了，此次展出的作品概不出售。"

虞桉似乎有些意外，嘴角一扯，微微挑起眉头："哦？林小姐辛苦了这么长时间绣出来的作品，是免费的吗？"

他话语中流露的讽刺意味不禁让林清昼皱了皱眉：“艺术是无价的。”

“是吗？”

虞桉若有所思地笑了一声：“没想到林小姐觉悟这么高，毕竟很少有人能对巨款不动心。不过，话说回来，林小姐做这行应该很赚钱吧？”

林清昼倏地抬眼望向虞桉，他也直直望向她，唇畔的笑意似有若无，眼神却像在看一个陌路人。

八年过去了，他们都已成长为情绪不外露的人，每句对话都像是心理战。

看出两人之间不太对劲，李毫微主动岔开了话题：“时间不早了，不知道虞桉先生还有没有别的事？”

虞桉转眼望向李毫微，他的脸上再度覆上微笑：“我知道长悠她并不算一名合格的模特，虽然她才刚刚起步，但还是希望下次您能再给她一个机会。”

李毫微说：“我会考虑的。”

虞桉礼貌地颔首，话是对李毫微说的，可他的目光却划过了面无表情的林清昼，他微一弯唇：“那就下次再见了。”

然后毫不留恋地跨步离去。

夏长悠正在休息室里等虞桉。

她早已换好了衣服，双手紧扣，茫然地呆坐着等待。

空气中弥漫着云南白药喷雾剂的味道，她的左脚脚踝肿得很高。

看到虞桉推开门进来，她欣喜地站起来，满眼期盼：“虞桉哥哥，设计师怎么说的呀？”

虞桉简明扼要：“他会考虑。”

夏长悠有些心神不宁：“我没有亲自过去道歉，他不会生我的气吧？”

虞桉摇头：“没关系，先回去吧。”

“好。”

虞桉步子很快，夏长悠一瘸一拐跟在他身后，快走到电梯口的时候，她憋红了脸，终于忍不住开口：“虞桉哥哥……你可以慢一点吗？”

虞桉这才意识到夏长悠扭伤了脚，脚步停了停，转身虚虚扶住了她的胳膊，和她保持着适当的距离。

“还能走吗？”

“嗯，慢一点就可以。”

电梯门打开，虞桉径直跨步走了出去，夏长悠在看清外头是负三楼停车场后，呆了呆：“虞桉哥哥，你不是没有开车来吗？”

虞桉脚步一顿，神色如常地折返回来：“是吗，我忘了。”

重新上了电梯，走到一楼大厅，虞桉思忖了两秒，虽是询问却更像一锤定音：“我找人接你回去？我还有事。”

夏长悠乖乖点头，她有些不好意思：“谢谢你帮我争取到这次机会，虽然我给你丢脸了。”

她从小就梦想着踏入娱乐圈，成为一名演员，可全家人都不支持她，还逼着她改修了她不感兴趣的天文学，只因为虞氏企业的虞桉是天文研究领域的大神，他回国后，偶尔会去拂风大学授课，更便于两人之间联络感情。

这次虞氏主办的这场时装秀是夏长悠能抓住的唯一机会，所以她跑来求助虞桉，没想到虞桉一口就答应了。

虞桉淡淡弯唇："没关系。我送你到门口，你稍等一会儿，司机再过几分钟就会过来。"

夏长悠小心翼翼地打量他的脸色，试探性地问："虞桉哥哥，你今天是不是心情不好呀？"

自从见过那名叫李亳微的设计师后，他便一直心不在焉的，连开没开车来都忘了。

虞桉微微一怔，瞥了一眼手中一直紧握的名片，旋即弯唇一笑。

他的笑容并不少见，但大多是模式化的礼貌微笑，这次却不同，粲然一笑，笑意直达眼底，惊艳到足以晃花夏长悠的眼。

"不，我心情很好。"虞桉说。

夏长悠愣愣看着他的背影离去，只觉得自己越来越看不懂他了。

林清昼凭借记忆，指挥着李亳微开车到了一条老旧的街道里，这是当年她上下学的必经之路。

汽车平缓地停在记忆中的大榕树前，林清昼探头张望了一番，那家大排档早就倒闭了，店面现在被一家卖水果的给承包了。

林清昼表示惋惜："看来无法带你体验我童年的味道了。"

李亳微的话中别有深意："已经过去这么多年了，还能让你一直念念不忘，一定非同一般。"

林清昼置若罔闻，她眼睛一亮，指了指拐角处的苍蝇馆子："没想到那家麻辣烫还开着，你想不想吃麻辣烫？”

此时恰逢晚自习放学，穿着校服的高中学子围坐在桌子旁，端着可乐罐高谈阔论，从班主任上课口误谈到班里发生的小趣事再到暗恋的那个男生。

林清昼找了空位置领着李毫微坐下，熟练地跟老板要了一份红薯粉，然后向李毫微介绍：“你没吃过这种麻辣烫吧？不是常见的一人一锅，而是一桌人的食物都放在同一个锅子里烫，想吃什么可以自己直接拿，最后数签子。”

李毫微瞟了一眼周围学生校服上的校徽：“这里离兰因中学挺近的吧？和一群高中生坐在一块，有一种重回学生时代的感觉。”

林清昼挑了一串豆腐放在碗里，感叹道：“你的确年纪大了，和他们坐在一块是不太合适，不像我。”

李毫微白她一眼，话语中意味深长：“想当初，我在我们中学可是风云人物，我毕业后，还有不少学妹在打听我的联络方式呢。”

林清昼被他逗乐，笑了好一会儿后，她低头慢慢地把碗里的豆腐夹碎，终于承认：“我认识虞桉。”

关于她和虞桉的故事，是一段曲折到她不愿回忆的记忆。

她是一个再普通不过的女学生，每天循规蹈矩的，活在自己的小世界里。

至于虞桉，他是兰因中学的校霸，又酷酷的，天不怕地不怕，走到哪里都前呼后拥，整个高中年级的学生都听过他的名字。他家境优越，外形出众，篮球也打得好，无数女孩将他当作梦中情人，他收到的情书大概可以绕学校一圈。

林清昼只会在每天经过篮球场的时候，偷偷朝虞桉的方向望一眼，他的笑容比阳光还要灿烂，只看一眼她便心满意足了。

直到某一天的下午，虞桉忽然拦在林清昼面前，他看着她的眼睛，直白地告诉她，他注意她好多次了。

看着他身后起哄的那群男生，她以为这只是一个恶作剧，吓得落荒而逃。

可自那以后，他无时无刻不会出现在她的视线里。拥挤的食堂里，他提前占据了位置，喊她过去和他同坐；她路过篮球场的时候，眼尖的男生会吹口哨示意他看过来；体育课测试的时候，他会站在护栏外为她加油鼓劲，明明他们的体育课并不是同一个时间段。

他说，他对她是一见钟情。

他说，他再也不会喜欢别人了。

他说，她这辈子注定是他虞桉的人。

他会记得她的喜好，记得与她有关的每一串数字，她的生日、她的学号甚至她每一次考试的名次。

看似处于两个世界，从不会有交集的人，忽然就渐渐熟悉起来了。

她一直知道虞桉的梦想是天文领域，他的家人也同意让他去国外进修天文学，不知虞桉回家说了些什么，他的家人还提出想要资助她一块出国。

出国留学，是林清昼以前想也不敢想的事情，一切都在向好的方面发展。

变故发生在虞桉十八岁生日的那一天。

那天恰好是周末，虞桉邀请了一大堆朋友去他家里一块过生日，他也邀请了林清昼，希望她一定要出席。

她在纠结犹豫了好几天后，带着准备的礼物准时赴约。

虞桉的家在郊外，映入眼帘的是一整排的精致小洋房，他住在最奢华的那一栋里。他是独居，父母亲人都在外地工作，送他的生日礼物是一笔又一笔的银行转账。

这天，一群人围着虞桉给他唱生日歌，一起在阳台准备烧烤派对，生日蛋糕都准备了好几份。他们是成群结队而来，只有林清昼是独自一个人过来的。虞桉把她拉到人群中间，为了缓解她的尴尬，一直陪她说话，逗她开心，带着她融入自己的朋友圈子。

人们陆续离开后，桌上摆放了一堆还未拆封的礼物。

虞桉没有打算立即拆它们，而是转头期待地望向林清昼："你的礼物呢？"

林清昼瞟了一眼其他人送的名牌鞋子和电子产品，默默把还未送出手的礼物往身后藏了藏："我……"

虞桉的表情立刻变得严肃起来："你没有准备？"

少女急急开口辩解："怎么会？我准备了的！"

虞桉眼睛一亮："是什么东西？"

林清昼咬了咬下嘴唇，不好意思地把藏在身后的礼物拿了出来："就是小玩意……你别嫌弃。"

虞桉像对待最珍贵的宝贝般小心翼翼地拆开一层层包裹的包装纸，露出里头木质的小盒子。他将盒子打开，里头静静躺着一条黑色暗纹的手工领带。

虞桉微一愣怔："领带？"

林清昼生怕他不喜欢，小声解释："逛街的时候，看到有家店可以缝制手工领带，就忍不住……哎，好像，好像现在暂时不太用得上……哈哈哈，这个礼物是挺不值一提的。"

越解释脸越红，虽然这条领带并不昂贵，也不是什么名牌，但还是花了她不少时间，上面的纹路都是她花了心思一点一点绣上去的。

虞桉笑意渐深："怎么会不值一提？"

他抬眼笑看着她，意味深长地说："我希望以后，由你亲自给我系。"

晚上十点，最后一趟公交车已经停运了，一个人打车回去又不太安全。

虞桉给她出主意："这么晚了，要不你留在这里过夜吧？"

林清昼有点蒙："这样……不太合适吧？"

虞桉耸耸肩，一本正经地说："这一片只允许私家车进出，不如我开车送你回去？我还没考驾照，安全性可不敢保证。"

林清昼当然不愿意坐他的车。

看她紧张的样子，虞桉扑哧笑出声，无所顾忌地摸摸她头发："放心，我家房间很多的，你想睡哪里都可以。我的房间很乱，暂时没有让你参观的意思。"

林清昼犹豫片刻后，还是点头答应了："那好吧。"

她之前经常在要好的女生朋友家留宿，明天只需要跟爷爷解释一下就好了，应该不会有什么大问题的。

那个夜晚，他们肩并肩坐在一起又将《泰坦尼克号》看了一遍。当看到 Jack 给 Rose 作画时，虞桉直接捂住了林清昼的眼睛，笑着说：“少儿不宜。”

而林清昼鬼使神差奋起反抗他，也捂住了他的眼睛：“你又没比我大多少。”

又笑又闹，最后两人都没看成这个片段，当时在教室里看这一幕的时候没觉得有什么，此时反倒面红耳赤。

那个夜晚，林清昼喝了一整杯虞桉泡给她的热牛奶，睡得格外香甜。

可第二天，一切都变了。

他们之间明明什么都没有发生，甚至从没有真正在一起过，却被有心人看在了眼里，次日便告发到了校长那里。

虞桉无所畏惧，大方地承认自己在追求林清昼。

接下来的剧情仿佛按下了快进键，流言蜚语不肯放过她，谣言越传越离谱，有说她不知廉耻的，有说她攀附有钱人的，她被排挤被嘲笑被诋毁。消息传到了将她一手带大的爷爷耳朵里，爷爷本就不甚明朗的身体状态瞬间急转直下。

她害怕又懊恼，当众发誓自己与虞桉一点关系也没有，以前没有关系，以后更不会有关系。

听到她的答案之后，心高气傲的虞桉自尊受挫，选择独自远赴国外，留下她一个人面对这一切。

之后的之后，诋毁之言依然不肯放过她，因为影响恶劣，她被学校勒令休学，而爷爷承受不住连续打击，撒手人寰。饶是她再坚强也无法接受爷爷的离世，她终于被击垮，永远也无法释怀。

她曾贪心地想要抓住光芒，却太快跌入了尘埃里。

从此以后，她再也没有家了。

寥寥几语便结束了这个故事，林清昼的讲述很短暂，语气也淡淡的。

蒸腾的热气模糊了她的脸庞，她依然挂着很浅的笑容，仿佛故事中的悲惨女主角不是她，李毫微却忍不住心疼她。

林清昼性子寡淡，什么事情都喜欢憋在心里。她太敏感，几乎立刻就能察觉到别人对她的恶意。

林清昼念高三的时候，他正好在世界的另一头学服装设计，虽然之后听说过她爷爷去世的消息，却一直以为是自然的生老病死。他曾疑惑过为什么当年成绩名列前茅的林清昼会忽然选择休学，她却回复他，自己只是找到了新的兴趣爱好，于是他便没有再多问，没想到其中会有这么多变故。

似乎在措辞，过了好一阵李毫微才缓缓开口："我听了个小道消息，不保证真实性——虞桉好像要和夏长悠订婚了。"

林清昼执着筷子的手顿了顿。

怕戳到林清昼的痛处，李毫微又补充："夏长悠的父母是做餐饮行业的，与虞氏的酒店行业相辅相成，想必只是一场商业联姻。"

听到这个消息，林清昼并没有过多反应，她垂着眼睫端起面前的酒杯和李亳微的杯子碰了一下，旋即微笑：“那很好啊，他们很般配哦。”

李亳微不禁皱眉：“你个傻子，都什么时候了还恭喜人家？要是觉得难过就哭出来吧，哭一场就好了。”

他拍拍自己的肩膀，大方地说：“有哥哥在呢！”

林清昼笑着摇摇头：“为虞桉吗？不值得的，我的眼泪早已经在那个夏天流干了。”

那个夏天，是她经历过的最最难挨的夏天。

她无数次想，如果自己这辈子没有碰到虞桉该多好。

如果没有碰到他，那么一切苦难都不会发生，她会平平淡淡地度过整个高中，她会有三两个知心好友，她会顺利地踏入社会，找到一份稳定的工作，碰到一个懂她爱她陪她一起哭一起笑的人。

说不定，爷爷也还在。

可是没有如果。

她想，自己是恨他的。

她应该恨他的。

接下来的几天里，林清昼格外忙碌。

为期三天的巡回展尤其火爆，每日都人满为患，因为林清昼而对刺绣产生兴趣的人排成长龙，而她耐心地一一为他们解答。

林清昼整天忙得不可开交，早将与虞桉重逢的事忘到了九霄云外。或者，这本来就是一次偶然的不期而遇罢了。就像一颗小小石子，即便在湖心漾起了涟漪，也无法改变什么，终将归于平静。

夜晚十一点，她忙完工作后，习惯性打开工作邮箱，浏览是否有重要工作邀约。

邮箱里静静躺着两封邮件，发件人的名字让她心头微怔。

十分钟后，她给李毫微打了个电话。

李毫微半梦半醒中接起电话，还没来得及抱怨，便听到了林清昼口中的爆炸性消息：“你说得对，虞桉和夏长悠要订婚了，三个月后。”

电话那头李毫微一下子清醒了，猛地从床上坐起来：“你怎么知道的？”

林清昼握紧手机笑了一下，一时情绪难辨：“虞桉给我发了请帖。”

李毫微愣了愣，不明白虞桉这是什么操作：“那你打算出席吗？”

“也许吧……”

似乎是为了让自己清醒一点，林清昼将电脑旁的冰水一饮而尽。她的目光依然牢牢凝固在电脑屏幕上，这两封邮件，其中一封是邀请函，至于另一封——

“虞桉想聘请我替他和夏长悠缝制嫁衣。”

「第二章」视财如命和为情所困

林清昼花大价钱在市中心租了一间工作室，定名“白昼”。

为了方便工作，她干脆住进了工作室里，简单地在最里头那间休息室搭了一张床，每天一睁开眼睛就能快速投入工作之中。

李毫微一边参观她的工作室和卧室，一边啧啧感叹。

简单地转了一圈后，他嫌弃得不得了：“你看你这糙成什么样了？”

林清昼一头雾水，不明白哪里糙了：“该有的工具都有，针线种类和颜色也一应俱全，你看那边的绣架和绣绷，还是我花了大价钱，好不容易从我师傅那里运过来的。”

“停停停，打住。”李毫微很是无奈，“工作室窗帘颜色这么暗，你是吸血鬼见不得阳光吗？给我换掉。还有这个灯，昏黄昏黄的，你是真不怕刺绣的时候扎到手啊？也给我换掉。”

林清昼好脾气地说：“这个灯怎么了，又不是工作时用的灯，你不觉得颜色和形状很有格调吗？”

李毫微勉强微笑：“我承认你的美术造诣高，但除此之外你的审美与格调两个字无关。如果非要用一个词来形容这盏灯，那就是俗气。”

林清昼虚心接受了他毫不留情的批评，随口敷衍：“好，您说的都对，我这就改。”

李毫微睨她一眼：“你不会为了省事，压根没装修吧？”

林清昼顿时心虚，缩了缩脖子说：“有这个钱装修，不如多接几单生意。”

李毫微扶额。

没打算放过她，他又走到洗漱间，忍无可忍地说：“你到底是不是女的？连护肤品都没有？”

林清昼理直气壮：“我天生丽质行不行？”

“再天生丽质也经不起你这么作啊！”李毫微叹口气，“你晚点儿让小朱到我那去一趟，品牌方送了我一大堆高奢护肤品和化妆品，正好便宜你了。”

林清昼不情不愿的：“护肤也太耗时间了吧。”

李毫微瞪她一眼，为了避免自己被她气死，只好转移了话题：“对了，你上次跟我说的那件事，就是虞桉想要聘请你为他和夏长悠缝制中式婚服这件事，你是怎么打算的？”

林清昼神态轻松：“我已经推了。”

李毫微皱眉：“为什么要推？有生意就应该接啊，更何况还是大生意，你又不是对虞桉余情未了。”

林清昼心头一跳，一时不知道该说什么好。

就在这个时候，助理小朱突然推开门进来。

她满脸不好意思：“清昼姐，有客人来了。”

李毫微惊讶地转头看林清昼：“你不是说下午没约吗？”

林清昼也很迷惑：“我记得是没有的。”

“抱歉，没有提前预约不请自来。”

说话的男人跟在小朱身后踏步走了进来，他平静地扫视屋内的布局，仿佛这里是他的主场。

他的目光极快地从林清昼脸上划过，然后在李毫微身上顿了顿，似乎有些意外会在这里看到李毫微。

来人竟然是虞桉。

助理小朱吐吐舌头：“他非要进来，我也拦不住。”

按照虞桉的性格，的确很难拦住他，林清昼冲小朱笑了笑：“没关系，你先出去吧。”

林清昼下意识跟李毫微对视了一眼，李毫微是何等心思通透的聪明人，他主动冲虞桉点头示意：“虞先生。”

虞桉回之以淡笑：“李先生。”

“既然虞先生有事找清昼，那我就不打扰了。”

李毫微转头叮嘱林清昼：“我刚才跟你说的话，你记住了没有？”

林清昼觉得李毫微今天格外啰嗦，无可奈何地说：“我知道了，我明天就把窗帘换掉。”

“还有那盏丑灯。”

“好，灯也换掉。”

李毫微这才满意，他此时说话的语气意外地温柔：“那我先走了，下次再来看你。”

林清昼被他吓得起了一身鸡皮疙瘩，不知道他在抽什么风，恨不能弯腰送这尊大佛出去：“您走好。”

虞桉沉默地注视着李毫微离开。

这是他第二次看到林清昼和李毫微在一起，他们之间细微的互动和自然的相处也被他看在了眼里。

他们似乎关系很亲密，这让他本就不愉悦的心情越发阴沉了几分。

虞桉转开眼，视线忽然被桌面上的团扇吸引，他随手拿起，只见素白的扇面上绣着几条鲜红的鲤鱼和几簇翠色的水生植物，灵动又可爱。

那是林清昼前两天接的小单，甲方是正在念大学的女学生，想要定做几把独一无二的团扇，用来拍汉服毕业照。

她们给的价格对于这几年见惯风雨的林清昼来说，实在很低，可她看到她们期盼的眼神，还是接下了这单生意。

虞桉一直没有说话。

沉默难挨，林清昼率先开了口：“虞先生有事的话，可以先和我的助理小朱联系。”

虞桉微微回神，放下团扇转头望向她，他的眼神淡漠，态度倨傲：“我听说，林小姐不满意我的报价。”

林清昼态度坚决：“抱歉，绣一件礼服本就耗时耗力耗心血，更别说是两件。再加上我之前从未接过这类订单，一切需要从头开始摸索，如果接了你的单，那么我连续好几个月无法接其他订单了。”

虞桉似乎陷入沉思，他的手指轻叩桌面，半晌，他开口：“你想要多少？”

林清昼手指一紧，觉得自己跟虞桉无法沟通：“我刚才说过了，不是钱的问题——”

“不是钱的问题？”

虞桉打断了林清昼，他的眼睛半眯起，似乎觉得好笑：“林小姐费这么大功夫开工作室，不就是为了赚钱吗？”

虞桉似乎又陷入某种回忆里，慢悠悠地开口：“当年……你不是还收了我姐二十万吗？”

林清昼皱眉：“你怎么知道——”

听到虞桉提起过往，她第一反应是反驳他，第二反应是没必要了。过去这么久的事情，多说无益，她坦坦荡荡，没什么好解释的。

当年林清昼的确拿了他姐姐二十万，可那是为了给爷爷治病。在那种情况下，她走投无路，别无他法。

虞桉似乎对这件事耿耿于怀，可他凭什么耿耿于怀？

她这句下意识的回复似乎证实了他的猜想。虞桉眼眸一黯，语气隐隐嘲弄：“所以，你想要多少？直说就好了。”

面对虞桉的挑衅，林清昼依然很沉着：“不好意思，接不接单是我的自由，如果虞先生这么想穿手工定制的婚服，我可以给你推荐几个人选，他们很有这方面的经验。”

虞桉却笑了：“我参观了那个展览，很欣赏林小姐的手艺。”

经历了这么多年的风雨，虞桉早已学会如何隐藏自己的心思，可在这一瞬，他将自己的势在必得展露无遗：“非你不可。”

林清昼置若罔闻，示意门口的方向，清清冷冷说了一句：“虞先生还是另请高明吧。”

虞桉对她的抗拒无动于衷，他很轻地笑了一声，转身在沙发上坐下：“没想到这么多年不见，你还是喜欢当缩头乌龟。”

林清昼脸色微变。

虞桉十指相扣一脸淡漠，主动与她划清界限：“林小姐别误会了，我只是单纯欣赏你的刺绣能力而已,不想让我的婚礼有一丝一毫遗憾——”

他顿了两秒，似笑非笑：“没有别的意思。”

他这样的态度让林清昼松口气的同时，心头骤然一酸，再度开口时，她恢复了平静：“这里是工作场合，我没什么好误会的。”

“对，这只是工作而已，”虞桉慢悠悠抬眼注视着林清昼，讥嘲带笑的声音轻不可闻，“所以，你在怕什么？”

林清昼的身体霎时间绷直。

她在怕什么？

怕跟虞桉接触？怕自己再动心？怕再度跌入万劫不复的深渊？

她在面对虞桉时，总会情不自禁矮上一头。

此刻，虞桉完全不是那日在外人面前温文尔雅的样子，而是冷静又强硬。再加上他专注看人时的气场很强，她必须竭尽全力，才能压抑住对他的所有复杂情绪。

本不想再与他有纠葛，但在这一刻，她忽然改变了主意。

她伸出三根手指，掷地有声地说：“好，三倍，原基础的三倍。”

虞桉的眉梢很轻地动了一下,似乎觉得意外:“林小姐是在开玩笑吗？”

“工作上的事，我从不开玩笑。”

虞桉沉默了两秒，他最开始给的报价本就远高于市场价了，他嘴角微挑："林小姐真是狮子大开口。"

林清昼走到桌前，将刚才虞桉翻看的团扇收好，用他刚才的话回敬他："人为财死，鸟为食亡。我想赚钱不是天经地义吗？"

虞桉静默地注视着她，和他顶嘴，和他讨价还价。

她是真的变了不少。

见虞桉不说话了，林清昼笑了一下："如果虞先生不能接受这个价格，那就请回吧。"

虞桉果真迈步往外走。在即将经过她身边时，虞桉稍稍驻足，他叹了一声。他的声音低缓，温和贴心的话语，令她恍惚觉得自己依然身处那个夏天——

"你知道的，不论你想要什么，我都会满足你。"

可林清昼却忽然浑身冰凉。

毫无疑问，他在讽刺她。

林清昼本以为不会再有下文，没想到那边的工作人员很快给了回复，虞桉答应了这个报价。

助理小朱收到预付款时，整个人一蹦三尺高。她兴奋地围着林清昼团团转，一口一个"清昼姐你真厉害"。

小朱不停念叨着："甘愿为仅仅只能穿一次的婚服支付这么大一笔钱，虞桉对夏长悠果然是真爱。"林清昼实在被小朱吵得头疼，赶紧安排小朱去李亳微那里取东西。

她依然不明白虞桉是什么意思。

她也不知道自己究竟哪里得罪虞桉了，是因为当年自己在受尽诋毁后，在校长老师们的面前赌咒发誓自己跟他一点关系都没有，令他觉得没面子吗？

还是她放心不下当时病危的爷爷，只能放弃与他一块出国留学的机会呢？

可当年她陷入那样的境地里，他一句安慰的话都没有，而是不管不顾径直离开。

他在想什么？已经过去这么多年了，他是想借着夏长悠刺激她吗？

如果他想要的是刺激和报复，那么很抱歉，她不欠他什么，他无法如愿。

接下来的进展很顺利，林清昼与虞桉方的工作人员前期商讨后，最终定下了最讲究刺绣工艺的龙凤褂。

龙凤褂的款式依次分为褂皇、褂后、大中小五福。一套密度百分百的褂皇制作周期长达一年，好在虞桉和夏长悠的订婚宴在三个月之后，婚礼起码是一年之后的事了，她和工作室的绣师一块赶工制作，时间倒是很充足。

林清昼约定好时间，为虞桉和夏长悠量体裁衣，以及商讨中式婚服的细节。

夏长悠初次来到工作室，对这里的一切都很新奇，看到不懂的物什都会询问林清昼：“清昼姐姐，这是什么呀？”

林清昼便耐心为她解答：“这是搁手板，保护绣品不被污染的。”

夏长悠盯着墙上的绣品惊叹：“清昼姐姐，这只猫也是你绣的吗？看起来栩栩如生，我刚才还以为是张照片。”

林清昼笑着摇头：“这是我师傅送给我的。”

“你师傅？”

一谈起师傅，林清昼满眼崇敬：“我师傅李若戈很厉害的，她是国际上赫赫有名的刺绣大神，在美术设计上有很高的造诣，她早几年的作品还被大型博物馆珍藏了。当年如果不是碰到她，我也不会是现在的我，也不知道我什么时候才会达到她那样的成就。”

高三那年，林清昼被强制休学，再加上爷爷去世，她一度一蹶不振，只能去当地绣坊打工补贴家用。她被前来指导的李若戈一眼相中，李若戈将其一手拉出泥泞的沼泽。

人生际遇，实在难以捉摸。

夏长悠闻言不禁感叹：“你师傅真厉害，清昼姐姐你肯定也超级厉害的。”

帮着量尺寸的助理小朱搭话，她不无得意：“那当然啦，我们清昼姐可是李若戈师傅最得意的徒弟。”

夏长悠睁大眼睛：“我们运气也太好了吧？可以穿到清昼姐姐亲手缝制的婚服！”

林清昼被夏长悠逗笑了，夏长悠天真又可爱，换作是她，她也会喜欢上夏长悠。

助理小朱按照流程问："夏小姐想好在礼服上绣什么图案了吗？"

夏长悠好像被问住了，她想了想："想绣什么图案都可以吗？"

林清昼解释："龙凤图案是必不可少的，象征着龙凤呈祥，成双入对，除此之外，还有鸳鸯、锦鲤、牡丹、莲花、石榴、祥云等，这些都是常见的纹样，寓意都很好的，如果夏小姐不喜欢，我们可以进行更改。"

毕竟年纪小，夏长悠对这些图案并不太感兴趣："可以绣一点有新意的图案吗？"

林清昼忍俊不禁："你想要什么样的？"

夏长悠试探性地问："比如兔子？我很喜欢兔子，家里还养了两只。"

林清昼和小朱都笑了。

小朱心直口快："哪有人在龙凤褂上绣兔子的？画风也太奇怪了。"

林清昼憋住笑意："其实……也不是不行，兔子的寓意好像也挺不错的，待我先研究一下用什么样的绣法来绣兔子。"

夏长悠又惊又喜："真的可以吗？"

"长悠。"

刚刚换上打底吉服的虞桉推门走进来，他听到了刚才的那段对话，微蹙起眉："别给人家添乱。"

夏长悠愣了愣，她似乎有些怕他，乖乖应声："好。"

然后，她转头和林清昼说："清昼姐姐，还是别麻烦了，我觉得你刚才说的那些图案也挺好的，我相信凭你的手艺，一定可以绣出最适合我的裙子。"

见夏长悠主意已定，林清昼只好点头：“那我就按自己的想法来决定了。”

虞桉一出现，夏长悠的话便变少了，乖巧地坐在沙发一角翻看关于刺绣的书籍。

虞桉和夏长悠之间的关系，似乎并不像那天在公众场合展示的那样亲密，两人之间，明显虞桉是主控者。

助理小朱被虞桉生人勿近的气场所慑，不太敢上前替他量尺寸，林清昼叹口气，只好自己来。

她来量，小朱负责记录。

林清昼深吸一口气，走到虞桉跟前，一边量一边说：“肩宽 54 厘米。”然后示意他抬起胳膊。

虞桉比想象的要配合，她说什么便做什么。

林清昼低下头，尽量忽视掉他近在咫尺的呼吸，一副公事公办的口吻问：“虞先生有什么特别的要求吗？比如你喜欢什么样的图案？”

虞桉垂下眼睫盯着她头顶的发旋：“都可以。”

“胸围 106 厘米。”

报完，林清昼又问：“颜色呢？有没有什么颜色上的要求？”

虞桉答：“都行。”

林清昼觉得头痛，一个两个都没要求，反而是给她增添难度。

她耐心地继续说：“传统的中式礼服以红、金两色为主，如果你们有特殊要求，现在可以提出来。”

她继续报：“腰围 76 厘米。”

虞桉的头身比例很好，肩宽腰窄，几乎堪称完美。

虞桉睨林清昼一眼，语焉不详："你喜欢就好。"

林清昼一静，淡声道："这是你的婚礼，不是我的。"

虞桉笑了一声，语气嘲弄："你是制作婚服的人，专业性远强于我们，你的建议岂不是更好？"

"我专业性再强，也是为客人提供服务的。"

虞桉忽然抬手按住林清昼的头发，心不在焉地说："嗯，那就红金好了。"

忽然，头顶传来一阵细微的刺痛，林清昼惊愕地往后退了一步，却见面前的虞桉依旧神色从容，他扬了扬手指间的头发："你长了一根白头发。"

自己的未婚妻就在旁边，却平白无故做出亲昵的动作，林清昼不知道虞桉究竟是什么意思，她有些恼，一把将他手里的那根头发夺了过来，随手扔进了垃圾桶："是人都会长白头发的。"

快速结束了这一环节后，又商讨了部分细节。

虞桉让林清昼全权做主，夏长悠也没有意见，全然信任林清昼的能力。

龙凤褂非常修身，注重立体裁剪，他们临走之前，林清昼再次特意叮嘱："还请两位稍微控制一下身材，不论增重还是减重，都会对未来穿衣服造成影响的。"

跟在虞桉身后的夏长悠冲林清昼露出笑脸，与她道别："知道啦，辛苦清昼姐姐啦。"

正要推门出去，虞桉忽然一顿，他抬腕看了一下时间，然后转头望向林清昼，语气熟稔又自然：“去吃饭吗？”

这句话完全出乎她的意料，林清昼愕然：“什么？”

虞桉微一挑眉：“我仔细想了想，我不喜欢红金，或许我们还需要再商讨一下。”

“……”

林清昼彻底没脾气了。

夏长悠并没有跟他们一块吃饭，她是大三学生，空闲时间并不多。

虞桉先将她送到了学校，下车前，夏长悠一口气给林清昼推荐了好几个吃饭的地方，还让林清昼不用跟虞桉客气。

夏长悠对他们复杂的过去一无所知，丝毫没有多心，这反而让林清昼有些不好意思。

直到驾驶位的虞桉转头问她：“你想吃什么？”

林清昼才从怔然中回神，他们已经很久很久没有坐在一块吃过饭了。

本以为她会说“随便”，没想到林清昼思索了一会儿：“我想吃日料。”

拂风市最昂贵的日料店内。

点完菜后，林清昼客套了一句：“虞先生破费了。”

事实上，她一点也没跟他客气，菜单上最贵的那几样她一样来了一份。

虞桉嘴角微扬，语气中依然透出淡淡的嘲讽：“没想到你居然会有喜欢吃日料的一天。”

“人总要长大的。”林清昼说。

她自然地招呼服务员过来，又点了一份店里最贵的酒。

在高三那年，虞桉曾带林清昼去吃过一次日料，美其名曰恭喜她考试名列前三。

林清昼每个月的生活费很少，连平时在食堂吃饭都要掰着指头省吃俭用，有时候实在嘴馋了，她会跑去路边小店买麻辣烫或吃几串烧烤。

第一次尝试日本料理，她只吃了一口脸色便变了，强忍着吞了下去后，小声问他："肉是不是没煮熟啊？味道也很淡。"

虞桉觉得好笑："日本料理讲究用料新鲜，保持本味，你吃的刺身本来就是生的，这是店里的招牌。"

林清昼一下子苦了脸："我还以为只是看上去生……原来真的是生的。"

她再也吃不下去了。

虞桉看着她笑："你吃不惯刺身的话，我们可以点别的。"

林清昼犹豫了一下："这个刺身，这么难吃却是招牌，是不是很贵啊？"

虞桉一副无所谓的样子："不贵，你想吃什么，我们就点什么。"

林清昼接过菜单，还是被上面的数字吓到了，她斟酌了好久，选择了相对便宜的乌冬面。

等面上桌时，她暗暗给自己打气："总有一天，我要成为吃得惯刺身的人。"

虞桉笑话她："你是白痴吗？不喜欢吃下次咱们就不来了，干吗要勉强自己吃不喜欢的东西？"

“可是它很贵呀，我想以后赚很多钱，就算买不喜欢的刺身吃也不觉得肉痛。”

虞桉觉得眼前的少女固执得可爱：“你是财迷吗？”

林清昼小声为自己辩解：“你不懂！这样才会有前进的动力呀！”

虞桉叹息一声：“你说我怎么就喜欢上了一个财迷？”他半开玩笑，“你说你以后不会为了钱，连我都不要了吧？”

林清昼羞红了脸，完全不知道该如何应对他的调戏：“你怎么又扯这么远……赶紧，赶紧吃你的刺身吧！这么贵，可别浪费了！”

林清昼自如地吃下一整份刺身后，主动打破了沉默：“虞先生不喜欢红底金线是吗？那想要什么样的配色？”

虞桉漫不经心：“除了红金外，还有什么选择？”

在虞桉面前，林清昼完全把自己调整成了工作模式：“蓝色也是龙凤褂里常用的颜色，白底蓝线、蓝底金线、红底蓝线等，都是现在比较流行的选择。”

虞桉却忽然岔开了话题，他目光落在林清昼面前空掉的器皿上：“林小姐平时常吃刺身吗？”

林清昼皱了一下眉，还是礼貌地回复他：“工作很忙，没什么时间出门吃饭，平常吃盒饭比较多。”

“一心扑在工作上，”虞桉品了一口梅酒，“林小姐的生活真特别。”

林清昼面上波澜不惊，她咬了一口玉子烧，鸡蛋的香味在嘴里蹦开。

她自嘲道：“嗜钱如命总比为情所困要好。”

她花了好长时间才把自己从为情所困的沼泽中拖出来，对现在的她而言，只有金钱不会背叛她。

虞桉闻言却面色一冷，然后笑了一声，反唇相讥：“也对，林小姐一直都是嗜钱如命的，当初区区二十万就能让你改变说辞。”

自与虞桉重逢起，他似乎句句话都带刺，林清昼早已忍无可忍，她冷笑：“那当然了，不比虞先生天生含着金汤匙出生，二十万只是零花钱而已，可对于我们这种普通人家来说，二十万可以解一时窘迫，可以从死神手里抢时间，不指望这二十万，难道指望一个一走了之的人吗？”

林清昼心中是有气的，谈起过往，想起种种苦痛经历，想起撒手人寰的爷爷，难免心绪难平。林清昼眼眶一热，怕泄露心绪，她端起酒杯仰头抿了一口。

当年，不是她推开了虞桉，而是他主动离开了她。

他太过心高气傲，他们根本就不是一类人。

两人难得可以心平气和地坐在一块，却总是陷入难堪的境地里。

虞桉抬眸定定望着林清昼的表情，似乎在研究她的话是什么意思，半晌，他平静地开口：“你有没有想过，你可以指望的？”

林清昼心头剧震，却不愿细想这句话的深意。

虞桉笑了笑，不再继续这个话题，他的语气恢复了和缓：“对了，还没恭喜林小姐取得今日的成就。”

林清昼觉得他此时虚情假意的笑容怎么看怎么讨厌，可她却露出了同样得体的微笑，仿佛刚才的针锋相对并不存在：“多谢。”

碰杯的瞬间。

远处传来一声尖叫，不远处的服务员不小心摔了一份昂贵的怀石料理。

漂亮的女服务员脸红一阵白一阵的，吓得不知道该如何是好，这一份料理的价格抵得上她大半个月的工资了。

正不知所措时，坐在靠外一侧的男人主动问她："没砸到脚吧？"

服务员眼泪都快吓出来了，她摇摇头："对不起先生，我这就重新给您上一份。"

"没关系，"那个男人体贴地说，"这份摔掉的料理由我来付账吧。"

"啊……这不太好吧？"

男人一挑眉："没什么不好的，就说是我不小心摔的。"

"可是……"

"这样吧，你加我的联络方式，把名字和工号发我一下，店长是我朋友，我去跟他说，他不会责怪你的。"

服务员千恩万谢，捡起散落的料理急忙退场了。

说话的男人无意中往他们这个方向扫了一眼，他的笑容一下子扩大，径直走了过来："哟，这不是虞桉，虞大公子吗？"

看清来人，虞桉的脸上却没什么笑容："什么时候回国的？"

他伸了个懒腰："就昨天，欧洲玩了个遍，累了，无比想念家乡的美食和——美人。"

说着，他的目光落在了林清昼的身上，坐在虞桉对面的居然不是平日里跟在虞桉身后亦步亦趋的那个小女孩，这令他意外。

他笑意加深，胳膊搭在虞桉的肩膀上，故意和虞桉开玩笑："几个月不见，想我了吗？"

虞桉侧身躲开他的接触，跟他说话一点也不客气：“滚。”

虞桉平日里冷静的眉眼之中，难得溢出几丝属于少年时期的不耐烦。

林清昼忍不住轻笑出声，她一抬眼便撞上那个陌生男人探究的目光，遂弯唇冲他点了点头。

对面的男人容貌并不逊色于虞桉，如果说虞桉是让人上瘾的罂粟，那他就是一株带刺的蔷薇，虽美却容易碰得遍体鳞伤。

纨绔不羁和文质彬彬这两个相反的词在他身上融合得很好。

那个男人不由得又多看了林清昼几眼。

初看清秀普通并不起眼，仔细一看气质清清冷冷，宛如雪山高岭之花，不是天真软萌也不是美艳迷人，而是不常见的类型。她身上有很明显的距离感，纯粹而坚韧，仿佛没有任何人可以令她动心。

他来了兴致，示意对面的林清昼，问虞桉：“这位是你朋友？我之前怎么从来没见过？”

虞桉睨他一眼，平平淡淡地说了一句：“不是你常接触的那类人，没见过不是很正常吗？”

那个男人丝毫不介意虞桉的讽刺：“啧，和女人单独吃饭，夏长悠小姐知道这回事吗？你们不是要结婚了吗？”

虞桉一顿，斜了他一眼：“不关你的事。”

对面林清昼神态漠然，对夏长悠这个名字并没有过多反应，看起来两人之间并不存在什么暧昧关系。

这令他失望，也令他兴奋。

他眼波流转，摸了摸下巴：“这么说，你们——到底什么关系？”

虞桉：“工作关系。”

林清昼：“工作关系。”

默契到异口同声，说完后，两人都有些怔然，沉默地对视了一眼。

两人之间奇异的氛围令那个男人大笑出声，他大方地伸出手，清亮的眼眸毫不掩饰地直视着林清昼，主动和她搭话：“我叫骆昭然，虞桉的竞争对手，你叫我昭然就好了。”

林清昼从没想过会有人用“竞争对手”这个词形容自己。并且说这句话的男人笑容灿烂，满脸写着“我、是、渣、男”这四个字。

林清昼轻轻回握住骆昭然的手，礼貌地说：“你好，我叫林清昼。”

骆昭然薄薄的嘴角翘了翘：“‘人生漂泊多磨折，何日山林清昼眠’，我很喜欢文天祥的这句诗。”

林清昼不由得多看了他几眼，不怕渣男长得帅，就怕渣男有文化。

林清昼说：“名字是我爷爷给我取的，他希望我的人生顺遂，永远没有挫折和磨难，只可惜，事与愿违。”

虞桉倏地抬眼看她的表情，林清昼的脸上依然挂着淡淡的笑容。

骆昭然指了指自己那桌的方向，摆明了跟虞桉抢人：“清昼，你等会儿要不要跟我们出去玩？带你去个特别的地方，很有意思的。”

虞桉眉眼微沉：“骆昭然。”

骆昭然根本不理他的威胁，继续对林清昼发起邀约：“虞桉这个人无趣得很，整天待在研究所里，一点娱乐活动也没有，跟他待在一块没什么意思，还是跟我在一块比较好玩。”

骆昭然这番话令林清昼有些意外，在她的印象里，虞桉的生活不该这么沉闷才对。他活在炙热的阳光下，他的人生是多姿多彩的。

虞桉彻底丧失耐心，紧拧眉头："骆昭然，你有完没完？"

骆昭然索性大大咧咧地坐在了虞桉旁边："你的朋友不就是我的朋友吗？朋友之间不就是应该多走动走动吗？"

"多走动？"虞桉嘴角一扯，"走到你床上去吗？"

骆昭然并不介意他的直白，笑道："那也得对方愿意，我从不强迫人。"

面对骆昭然自来熟的热情，林清昼进退有度，语气疏离："不好意思，我的工作还没完成，刚才已经叫了回去的车了。"

骆昭然不无惋惜："真可惜，那只能下次再约了。"

林清昼望向虞桉："虞先生——"

她话还未出口，虞桉便答："黑红。"

"黑红？"

虞桉眉头稍稍松动："想来想去，还是黑底红丝最适合。"

林清昼有些惊讶，在这个瞬间，脑海里飞快想出了多个方案。她点头："好，我知道了。"

林清昼离开前，骆昭然冲她眨眨眼睛："可以留个联系方式吗？"

转眼之间，只剩虞桉和骆昭然两个人。

骆昭然"啧"了一声："真无聊，我走了。"

虞桉冷冷地斜了他一眼："骆昭然，好玩吗？"

骆昭然所在的骆氏是做房地产发家的，向来和虞氏不对付，他凡事都喜欢和虞桉竞争。再加上前段时间新开发区中心地段那块地皮骆氏竞标失败，输给了虞氏，所以凡是他虞桉看中的东西，他骆昭然必然要横插一脚的。

骆昭然扬起半边嘴角，歪头笑看着虞桉，眼底却是一片冷意："谁说我在玩了？我很认真。异性相吸，人家吸引到我了不可以吗？"

虞桉唇线紧抿，抬眼盯着他："别碰她。"

骆昭然能看得出来，虞桉很不爽。

可越是这样，他越是来了兴趣。

"凭什么？你是她什么人？她又是你什么人？"

虞桉说："她和你不是一类人。"

骆昭然不退不避，把玩着手里的车钥匙，眼中戏谑的笑意不减："可是虞桉，你和她也不是一类人。"

接连几天，骆昭然都把花送到了林清昼的白昼工作室里。

周一是白玫瑰，周二是风信子，周三是桔梗花，每天都不带重样的。

殷勤程度令助理小朱咋舌不已。

小朱抱着今天送来的这束香水百合怎么也不肯撒手："清昼姐，你从哪儿认识的这种富二代呀，也给我介绍几个呗，我保证不把人家送的花丢掉。"

每次花送过来，林清昼看也不看就让她丢，她心疼得不得了。

林清昼很无奈："人家只是心血来潮，你怎么也跟着闹起来了？"

小朱噘着嘴：“你怎么知道人家只是心血来潮？”

林清昼专注于手中的绣稿：“就算不是心血来潮，也与我无关。”

小朱长叹一口气：“可怜人家一番心意，都错付啦。”

听她长吁短叹，林清昼抽空扫她一眼：“你很闲？”

小朱一个激灵，赶紧从沙发上蹦起来：“不闲不闲，我还有大把工作没做呢，我这就去做！老板！别开除我！”

林清昼被这个活宝逗笑：“我是想说，你之前不是一直说对刺绣感兴趣吗？”

小朱又惊又喜，果断抱大腿：“师傅！”

小朱顺杆爬的能力实在了得，林清昼摇摇头：“谁说我要收你为徒了？”

小朱傻眼了：“啊？”

林清昼一本正经地说：“我是想说，在真正接触刺绣之前，画画才是基本功。你可以把花当你的模特，哪天会画了，我哪天就收你当徒弟。”

“啊？”小朱瞬间哭丧着脸，“这也太难了吧？”

小朱又叹了口气，识趣地说：“我还是现在去把花丢了吧。”

“等等……”

林清昼一顿，目光从那束香水百合上滑过，她淡声道：“去找个瓶子吧。”

很奇怪。

平时骆昭然差人送花来时，都会附上一张印着唇印的小卡片。别人做起来油腻的行为，他却做得坦坦荡荡。

可今天这束香水百合，却没有留下只言片语。

「第三章」枯萎的香水百合

林清昼和虞桉再次闹得很不愉快。

林清昼连续五次绣稿都被虞桉给否决了，他不是不满意配色比例，就是不满意裙褂图案，像是在想方设法挑她的刺，并且是当面挑刺。

天大地大，甲方最大，林清昼素来明白这个道理，也做好了准备，继续做第六稿、第七稿乃至第七十稿。

可虞桉却仍然对她很不满意，直言她丝毫没有做婚服的天赋。

“也不知道你师傅是怎么教你的。”

面对虞桉的嘲讽，林清昼依然保持着应有的礼节：“师傅的能力我一直在尽力追赶，奈何水平有限。”

虞桉笑了一下，冷声道：“是挺有限的。”

不知道是谁招惹到他了，他今天似乎脾气见长。

林清昼依然很好说话：“抱歉，我不是专门做婚服设计的，如果虞先生不满意我的水平，可以选择另请高人，我愿意全额退款。”

虞桉却倏地转头盯住她，冷声道：“这就是林小姐的工作态度？”

林清昼沉默了一下。

虞桉提出的黑底红丝配色让她失眠了好几天，同时也多了不少灵感。

现代社会要么是穿纯白婚纱黑色西服举办西式婚礼，要么是一身喜庆的大红色举办中式婚礼，很少会使用黑色作为婚服主色。但回溯到千年之前，黑色在某段时间的确是最为庄重神圣的颜色，低调而内敛，也的确有黑红作为婚服配色的先例。

但如何在传统龙凤褂中搭配好这两个颜色，令林清昼煞费苦心。

正说着话，小朱兴高采烈地推开玻璃门进来，她是来给虞桉送茶的。

她脱口而出："清昼姐，今天那位骆昭然先生送来的是紫色的满天星！可好看啦！"

越说声音越低，小朱一进门就看到虞桉黑着脸朝她看过来，而林清昼似乎表情也不太对劲。

知道自己再一次冒失了，小朱顿时觉得头顶凉飕飕的。

林清昼随意地挥了下手："你知道怎么处理的。"

"啊……这么好看的满天星，扔了太可惜了吧。"

林清昼从善如流："那送你了。"

小朱欣喜不已："谢谢老板！"

她的办公桌上还摆着昨天收到的郁金香和前天收到的小雏菊，她实在见不得这么好看的花归宿是垃圾桶，便央求林清昼把花留下，由她来照料。

而虞桉自从今早过来后，便一直有意无意地往林清昼桌上瞟，脸色也不是很好看，可能是对花过敏吧。

天知道，她最喜欢摆弄花花草草了！

小朱出去后，林清昼在心底叹息一声，毕竟是工作，她应该公私分明的，没必要带上私人情绪："虞先生这次是哪里不满意？有意见可以直接提出来，一直修改下去也不是个办法，浪费的是你的宝贵时间。"

虞桉似乎心情有所好转，他眉头微微松动，好整以暇在沙发上坐下，微抬下巴，提醒她："你不觉得红色刺绣部分太满了吗？"

林清昼怔了一下："可这是褂皇，褂皇的密度本就是百分之百的。"

虞桉摇头："谁说刺绣部分只能用红线了？"

林清昼忽然明白过来，她之前一直受困于黑、红两色，若是以黑色为底色，红、黑两色丝线为主，金银两色丝线为辅，比单纯的黑红更有层次感。

她笑了笑："我知道了。"

端起茶杯的时候，虞桉不小心碰倒了立在角落茶几上的几本刺绣专业书，正好瞥到了被人小心翼翼藏在角落里的那束精致可爱的香水百合。

他微微一愣。

它已经搁置在这里好几天了，香味早已散尽，粉白的花瓣微微蜷缩着，有即将枯萎的迹象，但很明显，水是新换的，它一直被很好地照料着。

这是这间不大的工作室里唯一摆放的一束花。

虞桉的手指划过那束香水百合的花瓣，怔忡了半晌后，他抬眼望向工作台边伏案工作的林清昼。

林清昼已经完全投入了工作之中，不时挠挠鼻子陷入沉思，但下一秒她似乎想通了什么，嘴角微微上翘，画笔唰唰手中动作不停。

虞桉不欲再打扰她，起身准备离开。

他再度开口时，语气竟然柔和了不少："我下周来看第六稿。"

虞桉正要推门出去的那一瞬，林清昼却忽然开口喊住了他：“对了，虞先生。”

虞桉转头看她。

林清昼搁下笔，指了指茶几边那束香水百合，丝毫不避讳那花已经被他发现：“可以帮我把这束花扔掉吗？”

虞桉的目光随之落在那束花上，眼神一黯。

林清昼的脸上带着温暖的笑意，话语却冰冷：“骆先生一直坚持往这里送花，只可惜，我从没有喜欢过花，总觉得难打理……”

虞桉紧紧盯着林清昼的眼睛，打断她：“既然不喜欢花，为什么独独留着它？”

林清昼单手撑头思索了两秒，仿佛陷入某些回忆里：“可能……是因为香水百合开放的时候太过美好吧。”

她平静地注视着眼前熟悉又陌生的男人，他的眉眼，他带笑的嘴角，他的嗓音，他每一个细微的表情，她都太过了解，却有太多东西横亘在他们当中。

心中泛起一阵绵长的酸涩钝痛，林清昼面上却不动声色地继续微笑：“但……是鲜花总会枯萎的，既然已经枯萎，就无须再留恋了。”

这话是对虞桉说的，也是对自己说的。

虞桉沉默了好一阵，他并没有扔花的意思，而是轻轻颔首，冷声道：“这种事情交给小朱就行了。”

林清昼望着他的背影：“如果有机会的话，希望你帮忙转告骆昭然先生，以后不必再送了。”

虞桉一顿，他没有答应也没有拒绝，推开门的那一刹，他微微侧头：“有一点林小姐说错了，花的确会枯萎，可同样的，每年它都会再度开放，生生不息。”

他抬步走了出去。

林清昼长叹一声，逼迫自己快速镇定下来，继续投入工作之中。

林清昼并不喜欢鲜花。

这种又昂贵又需要耗时间照料，并且没有任何实际作用的东西，历来和她没什么关系。

她也从没有奢望过，自己会收到花。

高三那年，学校举办奥数竞赛，每个班至少要派一个人选。这种小型竞赛赢了没什么奖励，反而费时间，班长大手一挥，把林清昼的名字交了上去。

林清昼不得不从繁忙的复习中抽出时间来准备竞赛，好在，功夫不负有心人，她顺利夺得第四名的好成绩。

这天晚自习前，虞桉神秘兮兮地把林清昼喊出来，把包装精美的一束粉白小花塞到了她手里。

他眉头扬起，不无得意：“这是我给你的第四名奖品。”

林清昼愣愣接过那束粉白小花，眉头下意识地一皱：“花？”

虞桉打量着她的神情：“你不喜欢？”

林清昼摇摇头：“没有，挺好的。”

说实话，在她眼里，一束花远比不上几个笔记本或是几支圆珠笔。

但她不想让少年失望，找话题问他："这是什么花呀，挺好看的？"

虞桉说起谎话来眼睛也不眨："我也不知道，就路边随手采的。"

林清昼有点蒙，居然真信了："我怎么从没在路边看到过这么好看的花？"

虞桉说得煞有介事："这个嘛……说明你没有认真寻找，说明你没有发现美的眼睛，说明我运气好。"

林清昼被他绕得头晕，把那束娇贵的小花往怀里藏了藏，生怕被路过的同学看到："你是怎么带进来的？学校应该不允许送花吧？"

"山人自有妙计。"

虞桉微微俯身，笑看着她的眼睛，声音刻意压得很低："林清昼同学，收到花了，你打算怎么感谢我？"

他的意图在眼底展露无遗。

"谢谢你，但这本来就是我应得的呀。"

少女坦诚地回视他，她有些小小的得意："我得了第四名。"

虞桉一怔，然后倏地笑起来，旖旎的心思一瞬间烟消云散。

他笑叹，觉得自己真是捡到宝了："你说得对，这就是你应得的。"

很久很久之后的一次偶然，林清昼才知道那束粉白小花的名字——香水百合。

它的花语是伟大而纯洁的爱。

是专门送给心仪的女子的。

这段时间，白昼工作室除了虞桉外，夏长悠也来得格外勤。

她性子单纯，在家人的保护下长大，或许是因为保护过度，她很少和外界接触，身边的朋友并不多。自认识林清昼以后，对她崇拜不已，隔三岔五就会来工作室找她。

听小朱说林清昼和虞桉又发生矛盾了，夏长悠帮着劝道：“清昼姐姐，你别生虞桉哥哥的气，他一定没有恶意的。”

林清昼专注于手中的第六稿：“我没生气。”

夏长悠替虞桉说话：“他平时明明不是这样的……哎，也不知道是怎么了，明明你的第一稿已经很好看了。”

林清昼头也不抬：“可能我天生跟他八字不合。”

夏长悠噘嘴：“怎么会？清昼姐姐你这么温柔，虞桉哥哥也是很好的人，你们都很好，我喜欢你们。”

林清昼忍不住伸手捏了一把她的脸，更加觉得她傻得可爱。

虞桉何德何能会碰到这种讨人喜欢的未婚妻。

看着林清昼画图，夏长悠打开了话匣子，她单手撑着下巴，手指有一下没一下地拨弄着那束香水百合：“清昼姐姐，你是单身吗？”

林清昼手中的画笔一顿，笑道：“问这个做什么？”

夏长悠满眼羡慕：“像清昼姐姐你这么优秀的人，肯定有很多人追吧？”

不等林清昼回答，夏长悠又叹了口气，喃喃自语：“究竟怎么样才能让自己喜欢的人也喜欢自己呢？”

林清昼被问住了，她思忖了两秒，觉得夏长悠是在指虞桉。

林清昼有些不解："你喜欢虞桉什么？他有什么好的？"

夏长悠一点一点细数："他长得帅，性格也好，他对每个女生都很温柔。"

林清昼忍不住皱眉，对每个女生都很温柔？这个词确定是形容虞桉吗？虞桉什么时候对她温柔过？他不冷着张脸就不错了。

"他很自信，好像面对什么都无所畏惧；他很聪明，好像什么都会，只有我是个笨蛋，我根本配不上他。"

林清昼一时愣怔，转头看她。

夏长悠将自己的少女心事通通向林清昼道出："我喜欢的那个人，他好像从来没有注意过我，他的身边有更多优秀的人，而我太不起眼了，我根本不知道他是怎么想的。"

林清昼回想了一下虞桉和夏长悠相处的细节，不禁替夏长悠打抱不平："如果他从没注意过你，那你大可不必喜欢他。"

夏长悠拿书盖住脸，忧愁地说："哪有这么简单呀。"

林清昼隐隐了然，也是，夏长悠与虞桉的婚姻，更多的是两个家族的联合。

林清昼给夏长悠出主意："那你可以主动一点呀，主动向他说明你的心意，让他看到你。"

夏长悠羞涩又苦恼："我……我不敢。"

林清昼宛如知心姐姐，耐心地安慰她："如果将所有事情都憋在心里，那难受的只会是自己，所以，你要相信，你很棒，你很优秀，你值得被喜欢。"

“真的吗？”

“当然了，我就很喜欢你。”

被林清昼鼓舞，夏长悠认真点了一下头，隐隐憧憬：“好，有机会的话，我一定要和他说清楚。”

林清昼给她鼓劲：“加油！”

她在心里却不由得苦笑一声，不禁怅然若失。

林清昼从未想过，自己有朝一日会帮助“情敌”追求虞桉；从未想过，自己会亲手为昔日爱慕的人设计婚服，并且他结婚的对象并不是自己。

虽然不想承认，但的的确确，她在面对虞桉时，总会涌现出许多不受控的情绪。她不想自己被这些情绪左右，更不想插足在他们当中。

虞桉年轻有为，夏长悠单纯可爱，两人郎才女貌，不论是长相家境还是性格，看起来都无比般配。

更何况，夏长悠似乎……对虞桉一往情深。

经过好几个通宵的努力，终于完成了第六稿和第七稿。

林清昼安排小朱直接将绣稿送到了四时晨昏酒店里，听说虞桉为了方便往返天文研究所，最近这段时间都住在这里。

有任何问题，虞桉可以通过小朱来传达，她在用这种方式避免和虞桉正面接触。

随着和夏长悠接触越深，林清昼越发觉得自己应该与过往划清界限，虞桉即将和夏长悠成婚，而她也应该专注于自己的生活，包括解决那些之前一直视而不见的麻烦。

她答应了骆昭然的邀约。

骆昭然火速推掉了所有原定的活动，带着林清昼来了一次拂风市半日游。

骆昭然真的很会玩，短短几个小时安排得无比妥帖。他亲自驾驶私人游艇带林清昼出海，怕林清昼觉得无聊，喊了一支在本地小有名气的乐队，在游艇上开起了小型演唱会。

傍晚的时候，还带她去海滩边吃了当下最火爆的甜品。

在此之前，林清昼听了不少骆昭然的传闻，他是拂风市有名的花花公子，对无数女明星豪掷千金，私生活一塌糊涂，可从今天的接触来看，他并没有任何轻佻的举动，一直举止得当，礼貌有加，并不会令人生厌。

难怪不少女人对他痴迷不已。

林清昼坚持要请骆昭然吃晚餐，权当感谢。

等菜上桌的空当，骆昭然问她："清昼，你还有什么想去的地方吗？我都可以带你去。"

他饶有兴致地说："过几天我和几个朋友打算去隔壁省自驾游，你要不要和我们一起？"

林清昼淡笑摇头："骆先生，我今天过来是想和你说清楚，我目前以工作为重，不打算考虑别的事情。"

骆昭然即便被拒绝了，也依然保持着风度，他挑唇一笑："我只是想交朋友而已。"

林清昼认真地说："如果骆先生当我是朋友，那从今以后不必再往我那儿送花了。我不懂欣赏鲜花，只怕会浪费骆先生一番心意。”

骆昭然对她的话不置可否：“你看到了花，闻到了花香，那就是有意义的。我明白清昼你有自己的坚持，可我也有我的坚持。”

骆昭然给林清昼倒了半杯红酒：“我很好奇，清昼你怎么会跟虞桉认识？”

他一顿，笑道：“恕我直言，虞桉已经有未婚妻了。”

林清昼说：“骆先生误会了，虞先生之所以找到我，是想让我为他和夏长悠小姐定制中式婚服，除此之外，我们没有任何关系。”

骆昭然短暂的愕然后大笑：“定制婚服？你居然答应了？”

林清昼答得有理有据：“我本来就是做生意的，有生意送上门来，为什么要拒绝？”

骆昭然似乎有点明白了，林清昼的确是个与众不同的妙人儿。

在林清昼眼中，骆昭然只不过是个潜在客户而已，她客气地表示：“如果你以后有刺绣方面的问题，也可以联系我。”

骆昭然笑着摇头，半真半假地说：“我以后肯定不会找你定制婚服。”

林清昼微微蹙眉，表示不解。

骆昭然半开玩笑：“因为……我会伤心啊，让你眼睁睁看着我和别的女人结婚。”

他啧啧感叹：“虞桉可真狠心啊，他到底是在折磨你，还是在折磨自己……又或者，你们是在相互折磨？”

林清昼手中的动作一滞，对骆昭然莫名其妙的话置若罔闻，面上淡笑着：“骆先生说笑了。”

“我可没有说笑。”

骆昭然抿了一口红酒，眼中别有深意：“如果你改变主意了可以随时来找我，我住在南渡大厦顶层，窗外夜景很美。”

知道骆昭然心思不纯，林清昼笑着婉拒：“那就祝骆先生度过一个愉快的夜晚。”

作别了骆昭然，林清昼漫无目的地在街道上散步。

不用跟人打交道，不用时刻保持得体的微笑，也只有这个时候，她可以卸下伪装，肆无忌惮地做自己。

不知不觉居然走到了兰因中学侧门口。

现在是晚自习时间，这片街道尤其安静，只有卖烤肠的大娘驻守在这里。

看到林清昼走近，大娘笑着用方言和她说话：“姑娘要不要来一串烤肠？用料讲究，很香的。”

的确很香，林清昼吃晚餐时，时刻保持着警惕，压根没吃什么东西，索性掏出手机付款：“老板，我要一串，谢谢。”

她身后忽然伸出一只手：“老板，我也要一串。”

林清昼愣住，飞快地转过头。

现在是初秋，白天阳光炙热，夜晚的时候才能感觉到萧瑟的凉意。

身后的男人面容精致俊朗，他穿着黑色风衣，车就停在不远处。

看清身后的人，林清昼的目光一下子冷了下来，现在不是工作场合，她毫不掩饰自己的厌恶和敌意：“你怎么会在这里？”

虞桉对林清昼的神情视若无睹，跟大娘说完不要放辣后，这才不急不缓地回复她：“这里好像是公共区域。”

林清昼压根不信他的说辞，皱紧了眉头：“你跟踪我？”

虞桉的眉头微微扬起：“我的确去了一趟工作室，小朱说——你去约会了。”

他这话说得意味深长。

他眼中溢出一丝讥嘲的笑，目光清冷而锐利：“没想到林小姐这么有闲情逸致，还有心思跟人约会。”

林清昼扯了扯嘴角：“如果我没记错的话，我已经交了第六稿和第七稿了，已经下班了，现在是私人时间。”

她深吸一口气，字字疏离：“况且，我约不约会，跟谁约会，跟你一点关系也没有。”

虞桉眉眼冷淡：“林小姐别搞错了，我不管你想跟谁约会，我花这么多钱买的，不就是你的时间吗？林小姐不应该表现出你的诚意吗？”

他目光落在吱吱冒着热气的烤肠上，话语中没有丝毫温情：“从签订合同到完成婚服为止，这段时间内，你没有私人时间。”

他还是一如既往地霸道。

林清昼依然神情冷漠：“这不是你跟踪我的理由。”

“跟踪？”

虞桉嘴角一弯，自嘲般轻笑出声：“巧合罢了。”

那头，烤肠已经做好了。

大娘先递了一根给林清昼，再递了一根给虞桉，边递边和虞桉说话："先生还是不吃辣啊？过年到现在光顾了这么多次生意，这次大娘免费请你吃。"

虞桉笑了笑："不必了，您家口味好，以后我会继续光顾的。"

林清昼愣了愣，这才知道是自己误会了。

果真是巧合。

大娘好奇的目光落在林清昼身上，她问虞桉："这个姑娘跟你一样，以前也是兰因中学的学生？"

虞桉瞥了林清昼一眼，微笑："对。"

大娘笑眯眯地说道："这就难怪了，小姑娘看着面熟，我呀，在这边卖烤肠卖了十几年了，一眼就能认出我们兰因的学生来，我们兰因出来的学生个个长得俊，都是社会栋梁。"

林清昼没说话，低头安静地咬了一口烤肠。

虞桉说："您做的烤肠功不可没。"

大娘被夸得不好意思了，见林清昼一直沉默，有意做做好事，开导开导他们："哎哟，你们小情侣不要吵架嘛，和和气气的多好，你也是，让着点人家。"

虞桉居然笑了一下："我们没吵架。"

林清昼不欲再听，把吃完的竹签丢进垃圾桶，转身就走。

身后却有脚步声跟过来。

安静了一会儿后，虞桉说："第七稿还不错，比之前的好很多。"

见他松口，林清昼的语气也缓和了不少："客户满意就是我们的目标。"

又安静了两秒，虞桉忽然开口：“林清昼，跟我说话你非要这么客气吗？”

林清昼一默。

天际忽然传来一声闷雷，不过几秒钟，大雨倾盆而至。

没带伞，只能暂时避一避雨。林清昼四处张望，朝最近的屋檐下小跑了两步，虞桉也紧随其后。

可她鞋子太滑，在踏上台阶时身体猝不及防往后一仰，还没来得及反应，虞桉下意识抓住了她的手臂，他脱口而出：“小心。”

他的身高本就比她高不少，骤然贴近的压迫感，让林清昼倏地一阵心慌意乱。她似乎看到了他眼中一闪而过的紧张，但他很快就恢复平静，仿佛只是她的错觉。

林清昼很少与异性接触，自高中结束后，她对任何异性的靠近都下意识排斥。八年来，她一直独身一人，身边基本都是绣师小姑娘。

另一边，明明扶住了林清昼，虞桉却滞了滞。

在抓稳她的那一瞬，他很明显地察觉到她的身体微微一僵，她似乎在排斥他的接触。

一时怔然，他迟迟没有松手。

站稳后，林清昼抽出自己的手臂，退开半步，口吻客套，跟虞桉保持距离：“多谢虞先生，还请虞先生自重。”

虞桉稍稍回神，他嘴角弯起很淡的弧度，没说话。

可雨越下越大，林清昼向来讨厌淋雨，这块避雨的地方实在很狭窄，她下意识又往虞桉的位置挤了两步，手肘无意识与他相触。

虞桉垂眼睨她一眼，不紧不慢地说了一句："林小姐自重。"

"虞桉！"

他是故意的。

听出他调侃的意味，林清昼心头恼怒，猛地抬眼对他怒目而视。

她伪装得很好的面具几乎要维持不下去。

避雨的屋檐对面就是兰因中学的操场，隔着围栏，虞桉抬眼望过去。

或许是这场雨太大太突然，又或许是两人不期而遇的独处产生了某种别样的温情，虞桉似乎陷入某种回忆里，他眉眼间溢出很淡的笑，饶有兴致地说："你课间跑操的时候在这里摔倒过。"

林清昼微怔，她的神情有一瞬的恍惚，下意识也往那个方向看过去，脑海中回想起的却是另一桩事。

记得那天晚自习放学后，她没有带伞，又不好意思问别人有没有多余的伞，最后她眼睁睁看着全班同学走光，偌大的教室里只剩她一个人。

当她咬牙决定冒雨跑回去时，虞桉突然出现了，他得意扬扬地拿着一把伞，他的眼神里写满了：看吧，我就知道你还没走。

他像是专门来拯救她的天使。

虞桉打的伞摇摇晃晃的，林清昼不敢和他挨得太近，只能小心翼翼跟着他。他的伞东晃西晃，而她的心也蹦跶个不停，半个肩膀都淋湿了。

林清昼踌躇了一下，觉得这样下去跟淋雨回去没差别："算了，我自己淋雨回去好了。"

虞桉一挑眉，戏谑道：“为什么，我不是有伞吗？我送你吧。”

林清昼摇头：“这样走速度太慢了。”

虞桉扑哧一笑，看穿她的嘴硬，故意逗她：“林清昼，你就这么喜欢当缩头乌龟吗？不知道离我近一点吗？”

林清昼低着头没说话，她本就不是主动的人，不知道怎样应对他的调侃。

虞桉叹了口气：“哎，你这个笨蛋，就不知道主动一点吗？每次都是我主动靠近你。”

林清昼还是不说话，下一秒，她果真硬着头皮迈开步子朝雨里冲了过去。

虞桉愕然，三两步追上她：“哎，你别生气，我不是故意的。”

“……”

“我错了，伞给你打。”

“……”

“你慢点，会感冒的。”

……

那时候的虞桉，明明是那么高傲的一个人，却愿意屡次三番在她面前低头认错。

此时此刻，虞桉依旧凝视着对面操场：“还有一次，你迟到了……”

林清昼快速打断了他，冷声道：“我不记得了，我什么都不记得了。”

虞桉的神色霎时间也冷了下来。

Zhiyaoshini, Jiaqiweiwan

——「你是我的，这辈子注定是我虞桉的人。」

Zhiyaoshini Jiaqiweiwan

林清昼移开目光，不去看他：“这些事情已经过去这么久了，再谈起也没有意义了，只会平添不必要的烦恼，毕竟……今时不同往日。”

现如今，虞桉是名利皆有高高在上的虞氏公子，与夏长悠有婚约在身，而她只不过是替他们缝制婚服的刺绣师而已。

“今时不同往日。”

虞桉低低地重复了一遍，然后哂笑一声：“也是，林小姐现在是大名人了，当然不会记得过去那些不值一提的小事。在林小姐心中，只有赚钱才是第一位吧。”

八年前，虞桉在事业有成的姐姐面前说尽了林清昼的好话，说她善良又纯真，说她是与众不同的，绝不是在乎金钱之人，他好不容易才让姐姐答应他带林清昼一块出国留学。

林清昼与他谈恋爱的事情被传得沸沸扬扬之后，他当着校长老师的面承认了自己在追求她，他很有担当，愿意负责任，记大过也在所不惜。

可没想到，林清昼言之凿凿地说，都是误会。

她说，她与他一点关系也没有，她从来没有喜欢过他，现在没有，以后更不会。

姐姐笑话他识人不清时，他还想替林清昼解释，直到姐姐告诉他，林清昼是因为收了她二十万才这样说，这样的说辞对两个人都有好处。

二十万而已，轻易就让林清昼一口否认了他们之间的种种，她甚至对他退避三舍。

他成了笑话，这笔钱狠狠扇了他一巴掌，扇得他心灰意冷。

身旁林清昼脸上依旧挂着得体的笑容：“还得多谢虞先生花高价聘

请我。”

虞桉稍稍回神，视线自林清昼脸上划过，他唇边溢出一丝笑，话语却冷冰冰的：“不必客气，各取所需而已。”

林清昼却一顿，各取所需，她需要的是钱，那他呢，他需要的什么？

她客客气气地说：“虞先生放心，我们工作室一定会竭尽全力绣出让你和夏长悠小姐满意的龙凤褂的。”

虞桉失笑，他目光紧紧凝固在林清昼的脸上，雨声几乎与他的声音融为一体：“林清昼，你很清楚，我要的不是这个。”

林清昼心脏骤然紧缩，她逼迫自己不去看虞桉，也不去细想，冷静道：“虞先生，时间不早了，夏长悠小姐应该在等你吧？”

虞桉一默。

似乎是因为冷，林清昼的声音在微微颤抖，可她仍在固执地点清他们之间的关系：“别让她等久了。”

雨势逐渐变小，拐角处有出租车朝这个方向而来。

林清昼不再犹豫，用手挡住头顶，径直跑了出去。眼前霎时间模糊一片，她拦住那辆出租车，上了车，快速报了一个地址。

她怕再不走，会被虞桉看穿她一直掩饰得很好的伪装。

她是恨他的，她应该恨他的。

或许，他也是恨她的。

那他为什么要一而再再而三地撩拨她？为什么要屡次提起那些可笑的过往？

这样很好玩吗？这样很有意思吗？这样将她置于何地？将他自己置于何地？又将夏长悠置于何地呢？

林清昼曾无数次幻想过，如果他们重逢，她会对虞桉说些什么。她会愤怒地质问他为什么不告而别，还是将自己这些年的满腔委屈通通向他倾诉而出？

但最终，她只想问问他："这些年，你还好吗？"

她想告诉他："我很好，即便没有你，也依然过得很好。"

南渡大厦顶楼。

一个男人静默地站在落地窗前自斟自饮，窗外霓虹灯五彩斑斓。

茶几上的手机振动个不停，一群狐朋狗友正在某个迪厅狂欢，想喊他过去一块玩，他一一拒绝了，他在等待。

是不是有那么一点点可能性，他脑海中想的那个人会突然出现。

不知道等了多久，门口忽然传来敲门声。

骆昭然笑了笑，懒散地应了句："门没关。"

门外那人推开半掩着的门走进来，屋子里没开灯，来人瑟缩了一下，踌躇着不敢上前，似乎有些不好意思。

骆昭然喟叹一声："你还是来了。"

来人惊愕，说话也磕磕绊绊："你……在等我？"

骆昭然脸上的笑容越发扩大："是，我一直在等你。"

来人很害羞："我……我是特意来找你的，听说你回国后一直住在这里。"

外头响起一声闷雷，大雨倾盆而至，闪电令屋内霎时间亮如白昼。

露出了夏长悠的脸。

夏长悠吐出一口长气，鼓足了勇气走到骆昭然身前："骆昭然，我……"

记不清究竟是从什么时候开始，也许是骆昭然十五岁，她十三岁那年，她跟着父母参加宴会，碰到了对其他女生英雄救美的他；也许是骆昭然十八岁，她十六岁那年，包括他在内的一群人玩真心话大冒险，而他抽到大冒险，跑到她跟前向她表白；又也许是几个月前，她跟随虞桉参加商业酒会，他笑着走到她面前，主动和她说话："原来你就是虞桉未过门的小媳妇。"

夏长悠已经记不清了，等她发觉的时候，她已经无法自拔了。

她迷恋他的笑容，迷恋他的声音，连他的名字似乎都带着缱绻情意。

骆昭然猛然伸手搂住了夏长悠的腰。

几杯烈酒下肚，他大脑微微眩晕，温香软玉在怀，无疑更加刺激了他的感官。

夏长悠惊呼一声，一下子感受到了他喷薄而来的酒气，她惊慌失措地想要推开他，犹豫了半晌，她鼓起勇气揽住他的脖子。

她身体颤抖，声音也在发抖："我……我喜欢你好久了。"

"我知道。"

骆昭然醉眼迷离，他轻轻笑，低头去寻她的唇，低喃出口的却是另一个人的名字："林清昼……"

「第四章」无欲无求和无牵无挂

周六天气很好。

秘书小樊把早餐端到床头，然后拉开窗帘，刺眼的阳光霎时间洒满整间屋子。

骆昭然翻了个身，宿醉的感觉果然不好受，身边床榻空空荡荡，昨夜的旖旎仿佛只是一场梦。

不过，究竟是梦还是现实，他并不在意。

他很清楚地知道，昨夜之人并不是他心心念念的她。他失望，但也不至于沮丧。

上过他床，想上他床的女人不计其数，他并不在乎昨夜的人是谁，也没有兴趣记住每个人的名字。

但他不得不承认，昨夜之人身上有一种令人安心的味道。他居然毫无防备地睡到了这么晚，连她离去都一无所知。

他不耐烦地皱眉："几点了？"

小樊躬身："小骆总，已经十一点了。"

骆昭然"嗯"了一声，懒洋洋地坐起来，给自己点了一支烟。他像往常一样，安排小樊给林清昼的白昼工作室送一束花。

小樊问："今天送什么花？"

骆昭然吐出一口烟圈，半合着眼睛：“我之前都送过什么？”

小樊答：“红玫瑰、蓝玫瑰、桔梗、小雏菊……”

骆昭然做了一个打住的手势：“还有什么没送过？”

“很多，比如薰衣草、百合……”

骆昭然心中一动：“那就薰衣草吧。”

昨夜，他似乎在那个女孩的发梢间闻到了这股香味，淡雅而宁静的味道与林清昼很像，令他频频想起她。

林清昼那种性格，送花都不愿意接受，只当成人情往来，送别的礼物想必更会拒之门外，所以他只能一改之前大张旗鼓的追求方式，准备徐徐图之。

倒也不是真对林清昼动了心，非她不可了。虽然她当面拒绝他，花大价钱请他吃饭还人情，的确让他兴趣不减反增，但更多的，是因为虞桉对她与众不同的态度。在生意场上混久了，他这点眼力还是有的。

等骆昭然抽完这支烟，小樊才开口问：“小骆总，那前几天那位女明星呢？需要送礼物吗？”

骆昭然皱眉：“谁？”

小樊提醒他：“就是那位姓高的女明星，前天晚上您陪她去逛了商场，您还答应替她争取最近那部大IP古装剧的女主角。”

骆昭然思绪逐渐清明，脑海中勾勒出一抹身姿玲珑巧笑倩兮的侧影，他不禁微勾嘴角：“她喜欢的那个奢侈品牌子是不是出新款了？”

小樊顿时了然：“知道了。”

白昼工作室。

龙凤褂的制作工序极其烦琐，多达三百多道，绣稿完工仅仅只是第一步。

趁着手下绣师去采购前期所需材料，林清昼抽空给那几把团扇做收尾工作。等完成这个订单，她便可以把全部精力放在龙凤褂上了。

正聚精会神地工作，不防小朱突然推门进来，她把咖啡搁在林清昼身旁，长长叹了口气。

长吁短叹的，让她怎么也无法忽视，林清昼无可奈何地抬头：“你这是怎么了？”

小朱终于找到了说话的由头，忙不迭开口：“清昼姐，你看新闻了吗？”

林清昼手中针线不停：“什么新闻？”

“这两年新晋的高姓小花旦有绯闻了——娱乐新闻上说，前几天有人为她豪掷千金，将百货店一整层都买空了！”小朱又气又惋惜，“我之前可喜欢看这个女明星主演的电视剧了！”

觉得小朱形容得过于夸张，林清昼笑笑：“有绯闻不是很正常吗？”

“正常是正常……”小朱瞪大眼睛，神神秘秘地说，“但你猜猜看，为她豪掷千金的那个人是谁？”

林清昼没什么兴趣，却也不想扫小朱的兴：“是谁呀？”

小朱努努嘴，示意旁边茶几上刚刚送来还没来得及处理的那束薰衣草：“就是天天差人送花的那位骆昭然，骆先生！”

林清昼还以为小朱要说什么惊天大秘密，听了骆昭然的名字她一点也不意外，这种事情发生在他身上并不奇怪，只简单点头：“哦。”

小朱一肚子不满：“既然骆先生喜欢那位小花旦，为什么还要给你送花？”

林清昼答：“可能他只是单纯欣赏我的刺绣水平吧。”

小朱在办公室踱来踱去，替林清昼鸣不平：“气死我了，气死我了，连送了这么久的花，我还以为他多么专一，没想到转眼就去讨女明星欢心了。”

说实话，骆昭然不改自己花心的本色，反倒让林清昼压力骤减。此时，她只觉得小朱的反应实在可爱，笑着摇摇头：“你这么生气干什么？他是单身，当然有权利追求别人。”

小朱眼睛一瞪：“我能不气吗？他给你送花，给女明星送名牌衣服包包，这区别也太大了吧？也太看轻你了吧？清昼姐你说得对，这花不能收，太便宜了！再有下次我直接拒收！”

林清昼失笑。

小朱自问自答：“骆先生如果不是喜欢你，为什么要做这种容易让人误会的事？今天勾搭这个，明天招惹那个，后天他不会喜欢上有夫之妇吧？他是不是在养鱼？他是海王吧？海王都没有他能海吧？”

见林清昼没什么反应，小朱更加生气：“清昼姐，你听我一句劝，这种喜欢玩暧昧的，三心二意的男人不要也罢！”

听了小朱这句话，林清昼反倒怔了怔。

她忽然想起虞桉，他昨晚意味不明的态度实在令人难以捉摸。再度重逢，他事业有成，很快将成为别人的新郎，实在无须来招惹她，也无须提起那些剪不断理还乱的旧事。

再加上那次那束来路不明的香水百合，林清昼顿时心烦意乱。一时失神，她手中的针头扎到了指头里，血珠一下子就冒了出来。

刺绣的时候针扎到手对林清昼来说是常有的事，疼是次要的，她只担心会染脏团扇。

她喊了小朱一声，小朱立刻心领神会，递给她纸巾的同时，立刻出去取创可贴，边取边打趣林清昼："看来也不是毫无反应嘛，清昼姐，你不会真对骆先生动心了吧？"

林清昼无奈地叹口气，只觉得小朱脑洞大，刚要回话，外头的小朱忽然恭恭敬敬地喊了句："虞先生，夏小姐。"

林清昼回过神来，这才想起自己约了他们俩来看最终稿，她昨天连夜将虞桉提出的建议修改完毕了。

她逼自己专心把心思全放在工作上，不能多心。一夜没睡，她此时黑眼圈明显，看起来有些疲惫。

接过小朱递过来的创可贴，简单贴在大拇指上，林清昼起身朝先后进来的虞桉和夏长悠点头，客套地打招呼："虞先生，夏小姐。"

虞桉自然听到了刚才小朱的调侃，他径直走进来，抿紧嘴唇，望向林清昼的眼中隐隐透出嘲弄。

"林小姐真是受欢迎。"

林清昼沉着地回复他："这里是工作场合，还请虞先生不要讨论我的私事。"

"你的私事？"

虞桉长眉一挑："林清昼，这个问题我们好像已经讨论过了，我已经买断了你的全部时间，所以不要在工作场合讨论私事的那个人是你。希望林小姐早点把乱七八糟的私人感情理清楚，不要带到工作中来。”

林清昼一贯性子平和，可这段时间却越发容易被虞桉激怒。她抬眼瞪他，正要反唇相讥，却见他似笑非笑，语气神情骄傲自负和记忆中的少年别无二致，似乎笃定了她无法反驳，等着看她难堪。

一时怔忡，她怒气反倒消减了不少。

再看到与虞桉同出同进的夏长悠，她不欲与他一般见识，径直把终稿递给他：“我都修改好了。”

虞桉反倒微怔，接过稿子仔细看，果真比昨天看到的第七稿精细不少，又抬眸看她神情疲惫，想必是一夜没睡。

他目光淡淡移开：“还可以，就这样吧。”

见他终于满意，林清昼点点头，又将终稿递给从没过问绣稿情况，全然信任她的夏长悠看：“如果没问题的话，就按最终稿来制作了。”

夏长悠比往日还要话少，看起来心不在焉，并没有在意他们之间的对话。

盯着手中的绣稿发了会儿呆，她勉强弯唇一笑：“清昼姐姐，你画得真好看，我很喜欢。”

见夏长悠满意，林清昼放下心来：“你喜欢就好。”

搁下绣稿，夏长悠目光移开，一下子凝固在茶几上那束薰衣草上，心里想到什么，便脱口而出：“清昼姐姐，这花是谁送的呀？”

林清昼还未回话，进来送茶的小朱便接过话头：“是我们清昼姐的追求者，一位姓骆的先生——”

虞桉轻笑了一声，对小朱的说法不置可否。

林清昼微蹙起眉头瞥了小朱一眼，小朱才讪讪住口：“本来就是追求者嘛……虽然不太靠谱。”

夏长悠听到了不想听的答案，脸白了白：“这样啊……”

林清昼察觉到了她的不对劲，关切地问了句：“怎么了？身体不舒服吗？”

夏长悠不知想到什么，面对林清昼的关心，心中觉得怪异，她摇摇头：“没事，是学习上的事。”

她指了指那束薰衣草，小声问林清昼：“清昼姐姐，那花可以给我看看吗？”

看出夏长悠心情不佳，林清昼点点头，示意小朱把花递给她：“你喜欢的话就拿着。”

夏长悠眼睛尖，一下子发现了藏在包装里的小卡片。她将卡片打开，沉默地看了一会儿，脸色越来越难看。再加上这花的味道与她常用的香水味道极其相似，她心中一痛，宛如拿到了烫手山芋，急急把花放下，然后摇摇头，小心翼翼地说：“清昼姐姐，我还是不夺人所爱了。”

小朱插话：“夏小姐，你要是喜欢就拿走，我们清昼姐本来就不想看到它。”

虞桉也接过话：“鲜花过于廉价，想必林小姐是不会放在眼里的。”

林清昼无视虞桉的嘲讽，温声对夏长悠说：“没关系，你若是可以好好照料它，也算没有浪费。”

夏长悠愣了愣，想了想还是舍不得，又把那束薰衣草抱了起来，她整个脑袋都埋进了花里，声音也闷闷的：“谢谢你。”

虞桉怎么会看不出夏长悠失魂落魄。定下终稿后，两人踏出大楼，上了车，他双手搭在方向盘上，并未立即送夏长悠去学校，而是通过车内后视镜盯住她的眼睛。

他单刀直入：“发生了什么？”

夏长悠低着头：“没什么……我就是作业没交，被导师批评……”

可她实在很不会说谎，一句话没说完便接不下去了。

“与骆昭然有关？”

夏长悠果真脸色一变。

虞桉目光微微一凛，不急不缓地开口：“长悠，我们之前说过的，对我不要有任何隐瞒。”

夏长悠下意识地抬头，透过后视镜，正好和虞桉的目光对上。他眸色极深，眼神却很平静，像最深沉的大海，藏着无数的秘密。

似乎看出她在犹豫，虞桉的语气温和了几分：“别怕，不论发生什么，我都是站在你这边的。”

虽然是未来的结婚对象，可实际上，夏长悠和虞桉的接触并不多，再加上他偶尔会去学校授课，在学校里她还要尊称虞桉一声老师，所以她对虞桉又敬又怕。比起未婚夫，她更愿意把他当成可靠的兄长。

她下意识就选择信任虞桉，点了点头。

昨夜的经历，对夏长悠来说宛如梦一场，是她期盼已久的美梦却也是她无法置信的噩梦。

她反复给自己做心理建设，鼓足了全部勇气才敲开骆昭然的门。骆昭然主动靠近她，她心中欢欣雀跃，她一直知道骆昭然身上绯闻不断，她明白自己并不是那个与众不同，足以让他收心的人。只要能见他一面，和他说说话，向他表明心意，她便心满意足了。

可骆昭然却无意识地喊出了另一个名字。如果这个名字的主人她不认识倒也罢了，可偏偏是她喜欢且尊重的清昼姐姐，她顿时如遭雷击，无论如何也无法接受。她想不通骆昭然和林清昼是如何认识的，也无法想象他们是怎样相处的。

骆昭然会用什么样的眼神注视她？他会怎样喊出她的名字？他会像昨晚那样耐心温柔地一遍又一遍带着她沉沦吗？可即便是如此，她依然狠不下心推开他。

她感觉自己在下坠。

夏长悠抱紧怀里的这束紫色薰衣草，再想到这束花就是骆昭然送出去的，饱含他的无数情意，她憋了憋，眼眶一下子红了，眼泪簌簌往下掉。

她再也忍不住，把自己的经历和心事一股脑对虞桉和盘托出。

送了夏长悠回学校后，虞桉开车回了天文研究所。

回办公室的一路上不少人跟他打招呼，其中不乏刚刚收到订婚宴请帖的人，祝福他和夏长悠百年好合。

虞桉并未有过多表情，只礼貌地点头示意。

这里大部分人对他的冷淡习以为常，他话并不多，一直独来独往，除了必要的工作接触外，不太跟其他人联络。

熟练地找到挂着自己名字的办公室，虞桉开门进去。

订婚的日子是双方父母定下来的，据说是找专人算过的良辰吉日。之所以答应这桩婚事，是他与父母、姐姐协商后的结果。

虞桉从小便对天文学感兴趣，可父母和姐姐都对他百般阻拦，在他们心目中，他必须顺理成章地继承家业。转机出现在高三下学期，姐姐忽然改变主意，支持他出国深造。可等他在天文领域略有小成后，姐姐却又改变了口风，告诉他，只有与夏长悠结婚，促成虞氏夏氏的强强联手，他才能继续从事自己深爱的天文研究。

这么多年来，虞桉一直受制于家族。以八年前他的性格，他是绝对不会受制于人的。可能是时间逐渐磨平了他的棱角，除了钟爱的天文事业外，他已经无欲无求了。

那个结婚对象是谁，他一点也不在乎，他无所谓。

开始一天的工作之前，他的目光忽然凝固在桌上的摆件上，那是一架黑色的望远镜模型，恩师在他毕业之际送给他的。他的手越过那架模型，拿起了摆在模型后面的相框。

他换过几个研究所，换过几张办公桌，连相框也换过好几个，可里头的照片一直伴随在他身边。

曾有同事看到这张照片后调侃虞桉："你和你们班同学感情真深。"

他只是笑笑："还行吧。"

同事打趣他："其他人一般都是在桌上放亲人或爱人的照片，你倒是与众不同，居然放了一张毕业合照。"

其实照片上大部分面孔他并不认识，他的目光落在照片角落某个人的脸上，微微抿唇，然后淡笑："其实没什么不同。"

那是一张高三年级的毕业照，拍摄于距离高考一个月之前，拍摄地点在兰因中学操场，那天太阳很烈，刺得人眼睛都睁不开。除了正在拍的班级外，其他班级都躲在阴凉处聊天。

很快便轮到林清昼所在的班，她老老实实站在所有人都不愿意站的最后排的角落里，那一小块地方正对着太阳。她整个人被晒得迷迷糊糊，身了摇摇晃晃，脸蛋也红扑扑的。

等待任课老师就位的空当，趁人不注意，虞桉偷偷溜到林清昼身后，清了清嗓子。

可能是阳光过于刺眼，林清昼扭过头眯着眼看了虞桉好一会儿才反应过来，她的脸颊似乎更红了，看起来呆呆傻傻的："你怎么来了？"

他坦坦荡荡地站定："当然是来拍照。"

面前羞涩的女孩儿觉得不好意思，拼命拉扯着他的校服袖子，压低声音示意他赶紧走："你干吗呀，不是还没有轮到你们班吗？"

虞桉却不躲不避："你们班的合照当然少不了我。"

林清昼一点也不能理解他在想什么："你又不是我们班的成员，我们班除了我，你谁都不认识吧……"

他挑眉坏笑："认识你还不够吗？"

她还是推搡着他："你快走吧，万一被我们班主任发现了怎么办？"

他答得理所当然："你能不能学学我，胆子大一点？万一真被发现了，我就说我是学生家属。”

林清昼急了：“什么学生家属？你再胡说，我就……我就真的不理你了。”

前头摄影师大声示意：“同学们不要交头接耳了，看镜头，三，二，一。”

听林清昼无意识地撒娇，虞桉心底软成一片，脸上的笑容怎么也止不住。他扶住她的肩膀，示意她往前看，一本正经地说：“赶紧看镜头了，一辈子就这一张高三毕业照，别留下遗憾。”

她吓了一跳，不再跟他争辩，赶紧乖乖望着镜头露出笑脸。

“咔嚓”一声，照片定格。

虞桉个子高，再加上相貌突出，在学校名声也大，解散的时候，果真被林清昼的班主任发现了。

林清昼吓得脸色都变了，站在虞桉身前低着头一句话都不敢说。他却上前一步主动告诉班主任，自己是其他班的学生，一直很仰慕班主任的教学水平，平时没机会，蹭不到课，只好在今天来蹭一张合影。

谁不喜欢听奉承话？更何况是最让学校领导头疼的校霸虞桉的奉承话？班主任笑得见牙不见眼，自然不跟他一般见识。

虞桉的手指摩挲着照片角落里那张笑脸，清晰得宛如昨日光景。

这是唯一一张他跟林清昼的合影，整个班级只有他们俩站在阳光下，笑得像两个没心没肺的傻子。

他忽然想起刚才夏长悠对他说的那番话，他惊讶于她的孤注一掷，却又隐隐赏识。

虞桉第一次与夏长悠见面时就知道，他们是心照不宣的，她同样被迫接受了家族的安排，同样丧失了选择权，她同样心有不甘却又无可奈何。

夏长悠性格腼腆乖巧，不吵不闹，不会缠着他，的确是一个不错的结婚对象，所以他愿意将其当作共度一生的合作伙伴，陪她在外人面前演一场又一场亲密的戏码。两家人都愿意见到他们感情稳固，何乐而不为？

在再度遇到林清昼之前，他曾以为，这辈子就这样了。

平庸而乏味地度过这一生。

此时想来，循规蹈矩从来都不是唯一的选择。

已经晚上九点了。

其他公司早已关门，白昼工作室依然灯火通明。

林清昼咬了一口李毫微带来的烤鸡腿，兴致勃勃地问："然后呢？"

李毫微灌了一杯葡萄酒，叹气："然后？哪有什么然后？我说人家衣服搭配得不够好，人家没气得把酒泼我脸上，我就谢天谢地了。"

林清昼扑哧一声被逗乐："谁让你嘴欠，明知道人家女孩子不爱听这些，你还非说。"

李毫微耸耸肩："没办法，职业习惯，她毫无审美的搭配方式我实在看不过眼，我那是好心指点她，多少女明星想找我搭配衣服，我都懒得去？"

林清昼撇撇嘴，从一堆素菜中又翻出了一个鸡腿："看吧，这就是你屡次相亲失败的原因。人家打扮得漂漂亮亮地来见你，你反倒挑三拣四。”

李毫微睨她一眼，忍不住嫌弃：“你注意点形象，没人跟你抢。”

半个小时前，李毫微带了好几瓶酒和两大袋烧烤过来，一是来找林清昼喝酒解闷，二是担心她太过投入工作，有意让她放松放松。

助理小朱早已经下班，工作室的绣师们也被林清昼赶回去休息了，工作室里只有她还在挑灯夜战。若不是他过来，她甚至没意识到自己还没吃晚饭。

李毫微又叹了口气，觉得林清昼接下虞桉这份工作或许并不是好主意。

这不，距离定稿到现在，她已经把自己关在工作室里两个多月了。

林清昼以为李毫微还在为相亲失败而忧伤，故意把油乎乎的爪子搭在他肩膀上，安慰他：“没关系的，再接再厉，肯定会遇到那个不嫌弃你的好姑娘的。”

李毫微洁癖发作，立马甩开她的爪子：“这是品牌方送我的衣服，你小心点。”

林清昼果然被逗笑。

李毫微把话题引到她身上：“你呢？真打算和刺绣过一辈子？你这都多少天没出过门了？还知道今天是星期几吗？”

虞桉最近很长一段时间没有来找过林清昼，他似乎工作很忙，只偶尔让助理过来询问一下进展。

夏长悠也很少出现，她难得过了一阵清静日子。

林清昼一点点把肚子填饱，脸上挂起笑容：“我现在这样挺好啊，有地方住，有钱赚，特别圆满，新生代独立女性就是我本人。”

李毫微实在不知道该如何形容林清昼居住的“家”，意味深长地扫她一眼：“你不会真对虞桉余情……”

林清昼脸色微变，快速打断了他：“只是没机会碰到合适的人罢了。倒是你，为什么老急着相亲？你也没有年纪很大吧？不如跟我一块做快乐的单身狗呀。”

李毫微很无奈：“还不是我妈，总觉得我工作上碰到的女人个个都不正经，也不希望我跟娱乐圈接触太深。今天给我介绍邻居张大妈的侄女，后天给我介绍表妹的同班同学，从律师到厨师，什么职业的都有，光是这个月，我都见了三四个了。”

林清昼顿时幸灾乐祸：“原来跟爸妈住一块是这种感觉，果然还是我比较自由自在。”

说笑了几句，她笑容又淡了淡。

她是爷爷带大的，和父母的感情并不深，只知道在她很小的时候父母就因感情不和离婚了，他们各自再婚有了新的爱情结晶。至于她，只不过是谁都不愿意提起的过去。

她和父母一年也见不了几回面，从未体验过来自父母的关爱，也无从体验被催婚。倘若爷爷还在，说不定真会天天在她耳边念叨。

现在的她，无牵无挂，孑然一身。

李毫微自然知道林清昼在想什么，给她倒了半杯葡萄酒：“等你有空了，我陪你去看看爷爷。”

林清昼微微怔忪，然后笑着点点头：“好，正好爷爷很久没见过你了。”

一说起爷爷，她便停不下来：“你去国外学服装设计那年，爷爷一直念叨着你，他总说你是个善良孝顺的好孩子，未来一定前程似锦。”

她不知不觉把杯中的酒喝光了，索性又给自己满上了一杯：“你知道吗？我爷爷可是潮人。”

李毫微顺势问：“怎么说？”

林清昼话语中满满的自豪：“其他老人的娱乐活动是在小区楼下健身下象棋，我爷爷可不一样，他追起电视剧来比我还勤快，每次小区举行什么活动他都会参加。有一次，他得了转圈圈大赛的第一名呢，还上了地方电视台呢……你说，怎么会有这种奇奇怪怪的比赛？”

李毫微夸：“你爷爷很厉害。”

林清昼肯定地点点头：“他还追星，之前一个小有名气的男演员来拂风市商演，他早早就去排队了。”

说着说着，她又哽咽了：“后来我才知道……爷爷是看到我偷偷收藏了那个男演员的海报，以为我喜欢他，才特意去帮我要签名照的。”

李毫微沉默地拍了拍林清昼的后背：“你爷爷对你很好。”

林清昼笑着点点头，继续说：“我爷爷可宠我了，我不是每年寒暑假都会去我爸或者我妈那儿住一段时间吗，我爷爷为了可以和我联系，瞒着我偷偷买了部智能手机……哈哈哈，你知道的，老人家学东西慢，视力也不太好，也不知道他是怎么学会的，究竟学了多久……他为了方便随时和我通话，居然注册了一个账号来加我好友，我当时还想着，是谁这么老土用一片竹子当头像，哈哈哈哈。”

她再也听不到爷爷关切的话语，属于爷爷的灰色头像再也不会亮起。

所以，她无法原谅自己。

李毫微叹息一声。

安静了几秒，林清昼捂了一下脸，轻声自言自语：“所以，你说……我怎么可能……我怎么可以……对虞桉余情未了呢……”

退一万步说，即便真的余情未了，就凭现在虞桉与夏长悠之间的纠葛，她也绝不允许自己横插其中。

看林清昼把自己喝得东倒西歪，李毫微扶住她，满眼心疼：“别喝了，我带酒来可不是让你这么糟蹋的，你真要把自己灌醉不成？”

林清昼移开手，笑起来：“李毫微，还是不是好兄弟了？你怎么这么小气？”

“我又不是怕你喝光，是喝多了对身体不好。”

林清昼脸上的笑容越发扩大，仿佛只有这样才能抑制住那难以忍受的心痛感觉。

“胡说，你分明就是小气，你这酒肯定不便宜吧？你说说看，又是哪个明星大腕送你的？”

“真不是——”

正说得起劲，不防门口传来冷冰冰的声音：“见屋内亮着灯，我还以为，林小姐在认真工作。”

林清昼和李毫微同时往那个方向看过去。

来人身姿挺拔，深灰色的大衣宛如为他量身定制，他的眼神极其冷峻，窗外风霜仿佛冻结在其中。

不速之客居然是虞桉。

虞桉一靠近就听到屋内有说有笑。

此时，他见到林清昼笑中带泪地倚靠在李毫微的肩膀上，说不出的脆弱和信任，只觉刺眼。

他迈步进来，因为空气中弥漫的酒味微微皱眉：“几天不见，没想到林小姐工作态度松懈了不少。”

李毫微站起身，脸色同样不是很好看：“虞先生，清昼好像没有卖身给你吧？现在已经是晚上了，她在休息。”

虞桉低头看了一眼腕表上的时间：“现在才九点二十七分，”他抬眸，“很晚？”

他不动声色地打量四周：“之前一直听说林小姐工作起来很刻苦，熬通宵都是常事，现在看来，未必是为了工作熬通宵吧？”

李毫微被激怒，正要说话却被林清昼一把拉住。

林清昼低垂着头，似乎还陷在刚才的情绪之中：“毫微哥，你先走吧。”

“清昼……”

林清昼再度抬头时，已经恢复了往日的从容：“我没事，虞先生这么晚过来，肯定是有事找我。”

李毫微有些放心不下，却也深知两人的关系只有他们自己可以处理，冲林清昼做了个打电话的手势：“有事打给我。”

林清昼点点头。

临出门前，李毫微不着痕迹地瞥了虞桉一眼。

果不其然，虞桉目光又沉了几分。

屋内很快只剩他们两个人，谁也没有说话。

半晌，虞桉主动开了口，他表情冷静得看不出波澜：“林小姐单身？”

林清昼揉了揉太阳穴，把桌面简单收拾了一下：“抱歉，我不回答私人问题。”

虞桉笑了一声，目光极寒：“一边是赫赫有名的新锐设计师李毫微，一边是风度翩翩的骆氏公子骆昭然。”

他唇边噙笑：“莫非，林小姐想脚踏两只船？”

因为他毫不留情的嘲讽，林清昼咬紧了牙关：“虞桉，这与你无关。”

虞桉淡声道：“当然与我有关了，我可不希望与我签约的员工私生活混乱。”

也许是酒壮人胆，林清昼不想再忍让，故意激他：“对我的私生活指指点点，虞先生不会是吃醋了吧？”

虞桉却笑了，他定定望着她，居然真的承认了：“原来你知道。”

林清昼反倒一愣，眼神避开，笑容敛了敛：“虞先生别开玩笑了。”

虞桉依然紧紧盯着她：“林清昼，我是不是在玩笑，你比我清楚。”

林清昼把擦桌子的餐巾纸丢进垃圾桶，拿起喝空的酒杯，打算进去洗干净。

她语气平和地指出：“虞先生，我们之间只有金钱关系，除此之外，什么都没有。”

虞桉眉梢微微一动，眼中似有淡漠笑意：“意思是，不论我想要什么，只要我花钱，你都会给吗？”

林清昼愣住了。

她还没来得及反应，手腕便被虞桉攥住，他用力一拉，她手中的酒杯便脱落，砸在地板上碎得四分五裂。

她毫无防备地被虞桉揽进了怀里，他的怀抱带着外头的寒意，让她情不自禁打了个寒战。他力道之大令她动弹不得，她下意识想推开他，却发现她根本动不了。她愣怔地看着虞桉的脸迅速靠近，他的目光无比专注，可眼中却丝毫没有怜惜，平静得古井无波。

林清昼开始慌了：“你——”

虞桉并未理会她，他手臂用力搂得更紧，另一只手扣住她的下巴不许她反抗，埋首朝她吻来。

八年不见，他虽看起来成熟稳重了不少，待人处事都彬彬有礼，可只有深入接触才会发现，他骨子里仍然是那个倨傲的他，行事无所畏惧，他什么也不怕。

如果说刚才的质问是她头脑不清晰一时冲动，那么此时虞桉的举动让她彻底清醒了。

他可以肆无忌惮，她却不行。

她急急偏头避开他的唇，脱口而出：“我不是夏长悠。”

虞桉的唇划过林清昼的脸颊，呼吸停留在她的长发之间。

他手指一紧，却并未立即松开她。

林清昼心跳快得要跳出胸膛，她勉强笑了笑，双手按在他肩膀处，不想陷在这尴尬局面里："喝醉的人应该是虞先生吧？你放心，我不会告诉夏长悠小姐的。"

虞桉俯首，极亲密地挑起一缕她的长发，深深嗅了嗅萦绕于她发梢的香味，他的声音极缓慢却也极冷："不是金钱关系吗，放心，我会给钱的。"

"你误会了，我说的金钱关系不是指——"

虞桉轻嗤一声，眸色陡然一深，快速打断了她："怎么，他们可以，我就不可以？"

林清昼一滞，满眼不敢置信，被羞辱的情绪霎时间占据了她的全身："虞桉……你把我当什么了？在你心中，我就是这种人？"

虞桉放开了她，他的目光不知道落在哪里，冷淡地笑了一声："你不是吗？"

终于挣脱桎梏，林清昼下意识抬手。

一声清脆的"啪"之后，虞桉的侧脸浮现出一个很浅的红色手掌印，他居然不躲不避。

"不知道你究竟误会了什么，我跟骆昭然一点关系都没有，也很长时间没有见过他了。至于李毫微，他从小和我一块长大，是我的好朋友，没有你口中那些恶心的纠葛。"

林清昼抱住自己的手臂，往后退了两步，和虞桉保持距离："虞桉，你真是不可理喻，八年前到现在，一点都没有改变。"

听她说起八年前，虞桉终于有了反应，他抬手摸了摸自己的侧脸，眼睛微微眯起，溢出一丝自嘲的笑："对，我是没有变，如果变了，怎么会来自取其辱？"

林清昼说不出话来。

他似笑似叹："林清昼，你还是一如既往地自私。"

林清昼深吸一口气，觉得可笑至极："我不知道那个不管不顾一走了之的人，有什么资格说这句话，到底是谁自私？"

"没有资格吗？"

虞桉嘴角一挑："林清昼，你搞清楚，我们当中，自私的是你，骄傲的是你，从不肯低头的也是你。"

林清昼脱口而出："你根本不知道我当年经历的一切——"

她试图辩驳，话在嘴边却又咽了下去。算了，虞桉那样光彩夺目的一个人，根本不会明白自己当年深陷在怎样的沼泽里。在他离开之前，爷爷病入膏肓，同学们对她恶意嘲笑和辱骂，那种孤立无援的心情，她无论如何都无法忘怀。

他问："你当年经历了什么？"

虞桉等了等，林清昼却没有继续往下说。

虞桉一顿，低沉的嗓音字字句句砸得林清昼生疼："林清昼，你当年有没有哪怕一次想过向我寻求帮助？"

林清昼心头一颤，态度却依然冷硬："我不需要任何人的帮助，我靠自己就够了。"

对她而言，信任容易，依赖太难。

从小到大，只有爷爷在身边照顾她，可爷爷毕竟年纪大了，逐渐力不从心，她已经习惯了事事靠自己。她很难依赖别人。她害怕给别人造成麻烦，便很少主动寻求帮助，再加上当年不想让虞桉知晓自己落入那样的窘境之中，所以才会私下里和虞桉的姐姐取得联系。

虞桉笑了笑，他半垂着眼睫，掩饰住埋藏了很久的沉痛，他的声音轻不可闻，不辨悲喜："对，你不需要任何人，你坚强又独立……那你有没有想过，我需要你呢？"

林清昼霎时间浑身僵直，连呼吸也不敢。

不知过了多久，林清昼才找回自己理性的声音："你这么晚过来，有事？"

虞桉眉眼间恢复了冷静："当然有事，难道我疯了特意来看你吗？"

林清昼已经丧失和他争执的力气，扶住额头："我没这么想。"

屋子里的酒气持久没有消散，虞桉冷笑了一声："林小姐喝醉了，我们还是改天再聊吧。"

他不再留恋，抬步走了出去。

工作室的窗户半开着，四季到了尾声，外头风声呼啸，偶尔有白色雪点飘进来。

林清昼呆站了很久，才慢慢蹲下身开始拾捡散落满地的玻璃碎片。偶尔，有一两滴水珠砸落在她手背上，又砸落在玻璃碎片上，分不清究竟是泪水还是冰雪融水。

或许，他们都是骄傲的人，不愿轻易展露出脆弱的那一面。

他们是两只浑身带刺的刺猬，不肯吃亏不肯后退，他们拼命向对方靠近，只会把自己和对方刺得遍体鳞伤。

最终，谁也无法释怀。

「第五章」失控的心

林清昼难得起晚了一次。

闹钟响了一次又一次，她却不管不顾，一心埋头睡觉。

等睡够了，她才慢慢爬起来，走到镜子前仔细打量自己。充足的睡眠让她精神好了不少，那些不愉快的烦恼已经被她通通抛之脑后了。

以前不是没有度过整天以泪洗面的日子，现在想来，实在没有必要再因这些无关紧要的事情扰乱心神。

一番洗漱后，理智回归大脑，她心情也好转了不少。

等她走出卧室来到办公间，外头小朱在等她。

见林清昼出来，小朱终于松了口气，小声对她说："清昼姐，虞先生已经等了你很久了。"

林清昼点点头，并不意外虞桉的再度光临："让他进来吧。"

小朱附耳跟她说悄悄话："我跟虞先生说，你又通宵工作了，好不容易休息一会儿，让他不要着急。"

林清昼失笑："好的，谢谢你。"

小朱是个很机灵的助理，事事都站在她这头替她着想，即便外头有人在等有人在催也绝不会敲门打扰她，只会找借口替她拖延时间。

只可惜，小朱并不知晓他们昨夜已经见过面了，所以虞桉自然不会相信她那番说辞。

再次见面，虞桉已经换了一身衣服，浅色的羊绒外套更加衬得他气质疏离。

两人安静地对视了一眼，谁都没有贸然开口。

直到林清昼冲虞桉笑了笑，示意正前方的椅子：“虞先生请坐。”

虞桉视线落定在她微笑的眼睛上，又忽地一移，在她殷红的唇上停了两秒。林清昼注意到他的眼神，也瞬间想起了昨夜的激烈接触。

他的呼吸犹在耳畔，林清昼脸颊不受控地微微一红，她赶紧喝了一口摆在桌上的茶掩饰。

两人都绝口不提那个落空的吻。

林清昼一副公事公办的口吻：“虞先生有什么事？”

虞桉在她对面的办公椅上坐下，说话的语气居然很温和：“我过来是想和林小姐商量一下，是否可以把工期缩短。”

林清昼思索了两秒：“虽然下个月就是订婚宴，但龙凤褂是婚礼上穿的，订婚宴用不上……婚礼不是还早吗？”

虞桉颔首，语焉不详：“婚期可能要提前了。”

林清昼困惑了两秒，然后抿唇笑了笑：“看来虞先生和夏小姐感情很好，恭喜了。但龙凤褂的工期不是由我一个人决定的，现在刚刚进展到缝制绣片这一步了，以褂皇的密度，就算不眠不休工作，也得……”

虞桉抬眼盯住林清昼：“婚服的尺寸可能也要发生变化。”

林清昼皱紧眉头：“尺寸有什么问题吗？板型已经定下来了，我之前预留了一部分尺寸，只要你们没有把自己吃得太胖，是没有问题的……”

虞桉径直打断了她：“夏长悠怀孕了。”

林清昼一滞。

夏长悠怀孕了，这句话犹如一记闷雷，把她砸得措手不及。

面前的虞桉神色如常：“已经怀孕两个月了，我也才知道不久。”

昨晚夏长悠边哭边给虞桉打了一个电话。她前段时间一直食欲不振，恶心乏力，她惶惶不安地想起那晚的经历，便买了验孕棒来检测……没想到真的中招了。

她不敢告诉父母，也没有勇气去找骆昭然负责，实在不知该如何是好，便只好找虞桉帮忙。

几乎是一瞬间，虞桉心中就有了主意。

林清昼想起夏长悠那张青涩甜美的脸，她毫不设防将自己当成贴心的姐姐，把心里话通通向自己诉说。林清昼勉强让自己镇定下来，心头酸痛，忍不住斥道：“她是学生，她还小。”

虞桉抬眸瞥她一眼，心不在焉：“我知道。”

他的态度让林清昼越发恼怒，虽然知道这件事必然会发生，但没想到居然这么快。

她径直问虞桉：“所以你接下来打算怎么办？”

虞桉不急不缓地说：“作为学生未婚先孕，对虞、夏两家的名声总归不太好，婚礼可能得提前了，所以需要林小姐这边多多配合。”

都这种时候了还只顾着利益，林清昼的神情冷了下来：“虞桉，你真让我觉得恶心。”

虞桉似乎有些意外，倏地抬眼盯住她，他的表情不太好看：“你说什么？”

“我说，你真让我觉得恶心。”

林清昼毫不掩饰自己的反感：“夏长悠是大三的学生，你又是她的老师，学业还未完成，这么早就怀孕生子，让她如何在学校里自处？让其他学生怎么想她？”

联想到自己曾遭遇过的校园冷暴力，她感同身受，更加替夏长悠不值：“你们男人能不能不要只用下半身思考？”

虞桉似乎猜到了林清昼在想什么，被劈头盖脸骂了一顿，脸上却无端浮现出淡淡笑意。他淡淡睨她一眼：“我一根手指头都没有碰过夏长悠。”

这回轮到林清昼惊愕不已：“那她怎么可能……孩子不是你的？”

虞桉长眉一挑，用她昨晚的话回复她：“林清昼，你把我当什么人了？”

他虽未明说，林清昼却心头剧震。半晌，她才开口：“可是……她是你的未婚妻，她那么喜欢你，之前还跟我说过……”

虞桉缓慢地摇摇头，他没有遭到背叛的恼怒，看起来不以为意：“夏长悠心中另有别人。”

“那孩子……”

林清昼无法想象羞怯胆小的夏长悠居然会藏着那么大的秘密。

虞桉淡淡启唇，吐出三个字：“骆昭然。”

听到这个名字，林清昼悚然一惊。

回想起之前夏长悠对自己吐露的那番心事，这才明白是自己误会了。夏长悠当时向她倾诉的那个爱慕对象，不是虞桉而是花花公子骆昭然。

自己当时还劝过她，要主动一点。

见林清昼不说话了，对面的虞桉却一副似笑非笑的表情：“不骂我了？”

林清昼没说话。

孩子不是虞桉的，情况却更糟了。若孩子是某个无名小卒的，虽然不近人情了些，但劝夏长悠不要留下孩子是最好的办法。可偏偏是骆氏骆昭然的，虞、夏两家恐怕会颜面尽失。

她眉头皱得更紧：“那怎么办？”

虞桉神情淡然：“总之，你们这边尽量提高效率，剩下的，就看天意了。”

“天意？”

林清昼觉得这个答案玄之又玄。

虞桉站起身，透过偌大的落地窗往外看去，外头车水马龙热热闹闹的，他的神色却很冷凝。

“先看骆昭然肯不肯认。”

这件事势必瞒不了多久。

骆昭然若肯认，万一夏氏倒戈，选择与骆氏联手，虞氏必然损失惨重。

骆昭然若不肯认，那虞氏和夏氏会因为这个不明不白的孩子一同蒙羞。

不论如何，是时候放手一搏了。

拂风大学是拂风市最知名的学府。

每年源源不断地向社会输送人才，五湖四海的学子对这里充满向往。

高等学府的学习氛围很浓烈，上课的时候，所有人都聚精会神地盯着台上的外籍讲师，不时低头做笔记，除了夏长悠。

她在出神。

她嚼了好几颗口香糖才勉强压抑住嘴里那股苦涩恶心的味道。她刚刚又吐了一轮，同学好心问她是不是生病了，她只能笑着说自己吃坏肚子了。

夏长悠下意识地抚上小腹，她小腹平平，看起来和往常没什么两样。可事实是，里头正孕育着一个小生命，他静静等待着在几个月后的某一天破茧而出。

她知道自己怀孕的第一反应是，如果爸妈知道了，一定会把她赶出家门，她必须把孩子打掉。

第二反应是孩子的父亲是骆昭然，那个她心心念念的人，如果孩子出生了，是会像他还是像自己呢？

这么一想，她又犹豫了。

连续几天，她都陷入这种纠结忧郁的困局里。

下课铃响起，身边室友推搡着夏长悠的胳膊："饿死我了，长悠，你想吃什么？不如我们去吃炒面吧，昨晚看的综艺里一直在做炒面，馋死我了。"

听到"炒面"两个字，那股恶心的感觉再度涌上来，她脸色有些难看：

“太油腻了，我不想吃，你们去吧。”

“那你想吃什么呀？你最近食欲一直不太好，这样下去身体受不住的。要不是你天天住寝室，我简直要怀疑你是不是怀孕了，哈哈哈。”

夏长悠吓得面如土色，她连连摆手：“没关系的，我晚一点回宿舍泡牛奶喝。”

还好室友没有注意到，说：“我还是给你打包一份炒面吧，你看你都瘦了。”

不远处又有一个声音在喊她：“夏长悠，有人找。”

深陷“炒面”魔咒里，这句话无疑解救了她，夏长悠顿时如释重负。

晚餐时间点，篮球场上依然人很多。

球鞋与塑胶地板摩擦发出声响，年轻的男孩们哈着白气顶着寒风肆意奔跑。

林清昼看了好一会儿，淡淡指出：“长悠，你最近很少来找我。”

夏长悠回避着林清昼的眼神：“最近课程比较多，而且怕打扰到清昼姐姐工作。”

“怎么会是打扰？你既然叫我一声姐姐，我就真心把你当妹妹看待。”

林清昼挽住夏长悠的胳膊，微微一笑：“既然你不来找我，那我就来找你好了。”

面对林清昼的亲近，夏长悠有些不自在，她把手臂抽出来：“清昼姐姐你应该很忙吧？我之前听小朱姐姐说，你每天工作十多个小时，特别辛苦。”

林清昼点头回应：“嗯，而且最近工作量骤增，虞桉让我修改婚服尺寸，还跟我说，婚期可能会提前，让我做好准备。”

夏长悠脸色变了，隐隐意识到了什么：“什么？”

林清昼叹息一声：“我都知道了。”

夏长悠吓得诚惶诚恐：“你……你知道什么了？”

“你和骆昭然之间的事，”林清昼顿了顿，安抚她，“你别怕，我和你是一边的。”

这句话，虞桉也跟她说过，夏长悠小心翼翼地问：“是虞桉哥哥告诉你的？你千万别告诉别人！”

林清昼点了一下头，她不想吓到夏长悠，可有些事情必须要说清楚：“长悠，怀孕这种事情是瞒不住的，你也不想日后大着肚子穿不上龙凤褂吧？”

夏长悠苦涩地说：“真不敢想象我爸妈知道了会怎么样。”

林清昼握紧她的手：“这件事，你的确太冲动了，我也有错，不应该劝你去找他，骆昭然更加不对，明知道你是虞桉的未婚妻还这样对你。”

夏长悠反握住林清昼的手，像抓住一根救命稻草。她满脸凄然：“清昼姐姐，骆昭然他……根本不知道那晚是我。”

静静听着夏长悠将经过倾泻而出，林清昼有一下没一下地抚摸着夏长悠的头发，正色说：“我跟骆昭然之间没什么，连合作伙伴都算不上。”

本来因为骆昭然喜欢林清昼，夏长悠对林清昼心存芥蒂，此时见林清昼坦坦荡荡向她解释，夏长悠脸红一阵白一阵，不由得心生歉意：“对不起，清昼姐姐。”

林清昼失笑："跟我有什么好说对不起的？"然后又叹，"傻姑娘，骆昭然不值得。"

夏长悠沉默了好一会儿："我知道骆昭然跟我不合适，我也知道他身上很多绯闻，身边女伴换了又换，但是……谁能控制得了自己的心呢？"

说这句话的时候，她看起来异常成熟和忧郁。

林清昼心中一动。

她与虞桉又何尝不是这样，早在八年前，她便深知两人家境悬殊，可那时毕竟年纪小，她并不会过多考虑这些，只觉得和他待在一起，两人相互喜欢，便很满足了。

现在她靠自己的努力一点点站稳脚跟，逐渐跻身上流社会。即便再度与他重逢，因为时间、距离、身份、过往等的阻隔，只觉与他越来越远。

夏长悠把头靠在林清昼的肩膀上，眼眶红了："清昼姐姐，你说我该怎么办才好？我爸妈跟虞桉哥哥的爸妈有言在先，我肯定要跟虞桉哥哥结婚的……可这个孩子……我们两方父母肯定都不会接受。"

林清昼摇摇头："长悠，先别管你爸妈和虞桉爸妈是怎么想的，多考虑考虑自己吧。你有独立的人格，有自主选择的权利，你先是自己，然后才是女儿，是母亲，是学生，是夏氏的掌上明珠，是社会生活赋予你的各种角色。"

可能在所有人眼中，夏长悠只是一颗可怜的棋子，是各方博弈的工具，他们会在恰当的时机里将她推出去，不论她是怎样想的。

夏长悠依旧茫然，出生至今，她从未根据自己的意愿做过重大决定："我……我不知道。"

林清昼说："你怀了骆昭然的孩子，这无法改变，我只想知道，你想怎么办？这是你自己的事情，关乎你的未来，你必须自己做决定，我不想你后悔。"

清风拂开夏长悠的长发，她低着头安静了好一会儿，眼神逐渐从迷惘到坚定。

她转头望着林清昼，轻声说："我想知道骆昭然是怎么想的。"

林清昼牵住夏长悠的手，给予她力量："好，那我们去找他说清楚。"

骆昭然在拂风市城西新开了一家夜总会，今日恰逢开张大吉。

不少社会知名人士受邀前来剪彩，骆昭然也给林清昼发了邀请，林清昼本不想参加，此番倒是阴错阳差了。

夜总会大厅热闹非凡，不时有好友调侃，骆少又多了一个金屋藏娇之所。

骆昭然意气风发，并不反驳。他本就相貌英俊，几杯酒下肚，眼波潋滟更显风流倜傥，不少身材姣好的美人又朝他靠近了几步，争先挽住他的手。

骆昭然并没有把心思放在她们身上，他余光一扫，无意中瞥见门口亭亭而立的林清昼。

她眉眼淡漠，目光似在寻找。她穿着保暖的长款羽绒服，与周围一众光鲜的西服长裙对比起来，显得格格不入。

骆昭然一时出神，仿佛有什么堵在了喉头，一时心潮翻涌。

他推开身边的女伴，快走两步停在林清昼跟前。不得不承认，她的出现令他很惊喜。

骆昭然露出一贯的散漫笑容：“我原以为你不会来。”

旁边又有人上前与他寒暄，他便自如地跟林清昼介绍：“你来得正好，跟你介绍一下，这位是陈大老板，做出口的，我的至交好友。”

他又示意林清昼：“这位是林清昼小姐，赫赫有名的刺绣大师。”

“清昼，陈大老板的新房正在搞装修，他向来喜爱中式风格，一直有意购入一块刺绣屏风，希望你看在我的面子上，可以帮帮忙。”

林清昼点了下头，客客气气地跟陈大老板寒暄了几句后，简短地说：“您有任何问题都可以随时找我咨询。”

然后转头望向骆昭然：“有空吗？”

她的眼眸极亮，似乎可以一眼看穿他精心雕琢过的社交面具。骆昭然不禁笑容微敛：“有事？”

林清昼不喜欢夜总会的氛围，皱了下眉：“出去再说吧。”

骆昭然又和陈大老板寒暄了几句，跟手下的人嘱咐了几句后，这才跟着林清昼往外走。他没问林清昼要去哪，潜意识就觉得她是可以信任的。

今晚刚刚开业，还有不少人要应酬。他却眼也不眨地推掉了手头上所有要紧的事，他已经很久很久没有做过这么冲动的事了。

看着眼前素净清秀的脸庞，骆昭然的喉结动了一下，忍不住戏谑：“这么久不见，想我了？”

“这么久不见，骆先生还是这么喜欢开玩笑。”

话语刚落，林清昼已经停住了脚步，骆昭然抬头一望，这是一处很僻静的咖啡馆，离他的夜总会并不远。

如果他没猜错的话，这一条街都是虞氏的产业。

林清昼与服务员小声说了几句，服务员便领着他们上了二楼。

兜里的手机开始振动，骆昭然按断了电话，笑了笑："清昼你这是要请我喝咖啡？大晚上的，喝这个不太合适吧？不如跟我回店里喝酒？我请。"

林清昼踏步进了包厢，答："骆先生要是想喝咖啡，也不是不可以。"

包厢里，映入骆昭然眼帘的是一张小巧精致的脸庞，虽然美却苍白一片，接触到他的目光，她显然瑟缩了一下，只见林清昼径直在她身边坐了下来。

骆昭然思索了好一会儿才认出来，面前这个怯懦不起眼的女孩儿是虞桉的未婚妻夏长悠。

说实话，他对夏长悠的印象并不深。

虽然在各种应酬场合见过好几次面，但她性子畏畏缩缩，从不跟他们说话，过于无聊。

但见夏长悠和林清昼明显亲密的关系，他不禁意外，一挑眉："什么情况？"

自看到骆昭然出现起，夏长悠的身体便不受控地颤抖，她双眼霎时间盈满泪水，她吸了吸鼻子，话语中不无委屈，鼓足了勇气才说出这几个字："骆昭然，我怀孕了。"

骆昭然困惑地蹙了下眉头，不明白虞桉的未婚妻为什么跟他说这个，但在生意场上混久了，该有的客套不能少。

他索性在她们对面坐下："哦，是吗，恭喜恭喜，看来很快就能喝到你和虞桉的喜酒了。”

听骆昭然这么说，夏长悠脸色灰暗了几分。

林清昼单刀直入：“孩子是你的。”

骆昭然静了静，脸上的笑意全无：“我看起来很好骗吗？”

林清昼心平气和地说：“没有骗你，孩子的的确确是你的。”

骆昭然若有所思：“莫名其妙把我约出来，又莫名其妙说夏小姐怀了我的孩子？今天好像不是愚人节吧？”

骆昭然觉得可笑至极：“我怎么知道她是不是在骗我？说不定是想从我这里捞一笔钱呢？这样的女人我见多了。”

夏长悠一僵，小声解释：“我没有……”

林清昼深吸一口气：“骆昭然，说话别太过分了，夏长悠不是外面那些随随便便的人。”

骆昭然耸耸肩：“如果不是随随便便的人，怎么会上我的床？抱歉，我真的毫无印象。”

眼泪倏地掉了下来，夏长悠慌慌张张赶紧擦掉。

包厢门外又传来另一个声音：“骆昭然，我还以为，你会是个有担当的人。”

骆昭然一默，倏地拊掌而笑，看一眼刚刚出现的虞桉，又看一眼林清昼，自林清昼出现起泛起的心思化为一片冷然。

“这是鸿门宴吗？”

林清昼说：“我们找你，就是想告诉你事情真相，你是孩子的父亲，有知情权。”

骆昭然不置可否地哂笑一声。

虞桉望着骆昭然，抿唇淡笑：“夏长悠是夏氏的掌上明珠，你爸不是一直想和夏氏深入合作吗？”

骆昭然微微挑眉，开始觉得有趣了：“这是什么意思？莫非虞大公子不想和夏氏联姻了？”

虞桉看了一眼状态不稳定的夏长悠，眉头微微展开：“长悠喜欢的人是你，我不想乘人之危。”

骆昭然百无聊赖地单手撑头：“啧，说得这么感人，我都要信了。”

“你什么时候变成这种不顾家族利益的大慈善家了？”骆昭然睨一眼林清昼，意味不明地说，“想必虞大公子是有别的心思吧？”

手机再度振动起来，骆昭然将其掐断，慢悠悠地站起身，直视着虞桉：“只可惜要让虞大公子失望了，我骆昭然还没有堕落到要靠女人和孩子稳固家族企业。”

两个男人静默地对视了好几秒。

夏长悠全程仿佛一具雕塑，什么话也说不出来。林清昼安抚般拍了拍夏长悠的肩膀，抬头望定骆昭然：“那孩子呢？”

骆昭然轻嗤一声：“没有任何证据证明这个孩子是我的，不是吗？”

夏长悠身子摇摇欲坠，声若蚊蚋：“可是除了你，再没有别人了。”

骆昭然轻飘飘扫了夏长悠一眼，话语极其冷酷无情：“那就生下来做亲子鉴定，如果真是我的，那么我认。”

“好。”夏长悠脱口而出。

在场三个人都怔住了。

“长悠，你别冲动，骆昭然既然不认这个孩子，那你也没必要……”

林清昼还要再说，夏长悠却低着头拉住了她，勉强露出微笑：“算了，清昼姐姐。”

她明明满脸写着痛苦、失落和难过，却固执地说：“算了吧，我已经听到答案，已经知道他是怎么想的了，我夏长悠不是那种死缠烂打的人。”

“长悠……”

夏长悠很坚持，拼命地摇头：“没关系的，大不了……大不了我一个人把孩子养大。”

林清昼心头一震，想继续劝，却看她拼命忍住不让泪水夺眶而出，又什么话都说不出来了。

骆昭然冷眼看着他们：“既然没别的事，我就先走了。”

虞桉先送夏长悠回了寝室。

夏长悠一路上都沉默不语，林清昼开导了她几句，她只安静地点头，不时伸手怜惜地抚摸着小腹，也不知道有没有听进去。

送完夏长悠后，虞桉送林清昼回白昼工作室，两人异常沉默。

林清昼只觉得疲惫。

她想告知骆昭然真相这件事，原本并不想让虞桉知道，总觉得虞桉不怀好心，不会真心替夏长悠考虑，更何况这件事归根到底，是给虞桉戴了绿帽子。

可夏长悠坚持要告诉虞桉，她无可奈何只好答应。

林清昼从未想过，虞桉居然不顾家族利益，愿意放手，也从未想过，在经历了八年前的种种后，自己还会有和虞桉统一战线的一天。

自和虞桉重逢后，一切都失控了。

林清昼望着窗外飞速而过的景致，只觉心头情绪难辨，她声音淡淡的："真没想到，虞先生居然愿意把夏氏这个盟友拱手让给竞争对手。"

虞桉轻笑："首先，成为盟友并非只有联姻这一条路；其次——"

虞桉透过后视镜扫了林清昼一眼，他目光清明，语气平淡得像是在说一件稀疏平常的事。

"我要的，从来都不是夏长悠。"

「第六章」束手就擒的网中鱼

自那日和骆昭然不欢而散后，林清昼时常邀请夏长悠来自己的工作室做客。

距离订婚宴越来越近，林清昼怕夏长悠钻进死胡同，有意劝劝夏长悠，让她放下骆昭然。夏长悠却闭口不再讨论这个话题，只告诉林清昼，自己已经想通了。她脸上虽笑容不多，却有意识地每日补充营养。

订婚宴前几天，林清昼陪着夏长悠去医院做了一次检查。

医生叮嘱夏长悠要注意饮食，不能做剧烈运动，夏长悠一一答应。

林清昼扶着夏长悠坐起来，看着她满眼温柔地抚摸着自己的小腹，不禁心情复杂。

林清昼问："你真的做好决定了吗？"

夏长悠若毅然生下孩子，后果可能所有人都无法承受。

似乎猜到了林清昼在想什么，夏长悠抬眸坚定地望着她："这是我的宝宝，我不能抛下他。清昼姐姐你说过的，这是我的人生，该由我自己做主。"

于是林清昼点头："好，我们不抛下他。"

林清昼扶着夏长悠走出医院："再过两天就是你和虞桉的订婚宴了，你什么都别想，好好休息，养好身体就行了。"

夏长悠沉默了一会儿，然后笑着点头：“好，我会的。”

虞桉早已在外面等她们，看到她们出现，他按下车窗示意她们过去。

看到虞桉出现，夏长悠有些惊讶。虞桉是林清昼叫来的，夏长悠一直以为林清昼和虞桉不对付，除了那次与骆昭然的谈话找了虞桉来帮忙外，她尽量不在林清昼面前提起虞桉。

夏长悠坐进后排后，虞桉转头望着她：“你向学校请假去看医生，辅导员将消息转告给了你父母。等会儿我送你回家，会告诉你父母，你只是普通的肠胃炎，他们不会多想的。”

夏长悠愣了愣，意识到自己考虑不周全，开始后怕。的确只有虞桉开口，他们才不会怀疑。

她感激地点头：“谢谢你，虞桉哥哥。”

虞桉的目光在跟随夏长悠一块落座的林清昼身上顿了顿：“不必跟我客气。”

林清昼跟着夏长悠回了她家。

也许是时间的磨砺使得虞桉褪下高傲，越发八面玲珑，他游刃有余地应对着夏长悠母亲的亲切问话。而夏长悠则拉着林清昼的胳膊不松手，向母亲介绍她的身份。

这幅和谐美好的画面让林清昼微微恍神，如果说，聘请她缝制龙凤褂尚还令她感觉不真实，那么眼前这一切，让她无比清晰地认识到，抛开夏长悠怀有其他人的孩子不谈，他们即将订婚，是拂风市最完美的一对恋人。

不论家世，还是样貌，都无比般配。

而她，自始至终都是一个局外人。

虞桉借口有事，婉拒了夏长悠母亲的吃饭邀请，林清昼也和夏长悠的家人告别，坐上了虞桉的车。

林清昼尚还沉浸在自己的思绪里："麻烦送我回工作室。"

虞桉静默片刻，转头看她一眼："夏长悠要留下这个孩子？"

"对。"

想起夏长悠坚定的表情，林清昼叹了口气："她很固执。"

虞桉的唇边溢出一丝笑："所以她才会跟你亲近。"

因为林清昼和她同样固执。

林清昼一怔，倒也无法反驳。

自相逢起，他们之间就在僵持，说的每一句话都带着刺，直到此时才能真正心平气和地谈话。

林清昼问："接下来你们打算怎么办？"

虞桉神情不变："继续准备订婚宴。"

是意料之中的答案，可林清昼却有些怔然。

夏长悠怀了别人的孩子，无端戴了一顶绿帽子，想必虞桉也不好受吧。在这种情况下，他尊重夏长悠的意愿，愿意去找骆昭然和谈。即便结果是骆昭然不承认这个孩子，他依然愿意和夏长悠在一起。

虞桉一定很爱她。

觉得自己可笑可悲之余，林清昼望向虞桉的目光无端多了一分同情，语气也和缓了很多："长悠是个好姑娘，你好好对她……她的孩子，也是你的孩子，以后只会叫你‘爸爸’。”

似乎意识到了林清昼在想什么，虞桉稍稍回神，听她悉心叮嘱，他觉得好笑：“林清昼，你好像搞错了。”

“什么？”

虞桉淡声道：“我还没有大方到可以接受一个不属于我的孩子。”

林清昼定了定，一时之间没有理解虞桉的意思：“可你们不是要订婚了吗？”

虞桉没打算解释，而是趁着等红绿灯的时候，转头看了她一眼，目光平静：“而且，有一点你误会了，我从来没有把你当成过夏长悠。”

林清昼几乎是瞬间就回想起了那个落空的吻。

耳旁虞桉的声音轻而缓：“不论是之前、现在，还是以后，她是她，林清昼，你一直是你。”

林清昼心头剧震。

她不敢细想他这句话的潜台词是什么。

日子一天一天过去。

每天都充实又忙碌，上午接受媒体采访，下午赶紧投入刺绣之中，转眼天色已黑。林清昼伸了个懒腰，往桌上的日历扫了一眼——

日历上用红色马克笔画了一个圈，明天就是订婚宴。

林清昼短暂地愣怔后，打开电脑，开始处理邮件，暗示自己不要多想。

回复完全部邮件，正要关上电脑，林清昼忽然接到了李毫微打来的视频电话，点开绿色按键，只见那头的他一身西服打扮得很正式，他的身后很吵，人头攒动。

李毫微拿着手机进了休息室，这才单刀直入地问她：“明天就是订婚宴了，你确定要出席？”

林清昼笑着点头：“当然了，我是他们的婚服刺绣师。”

李毫微皱了下眉头：“清昼，不必在我面前这么笑。”

林清昼表情僵了僵，果然缓缓收了笑，她轻声道：“我没事的。”

李毫微一脸严肃：“不管虞桉是不是伤过你的心，也不管你是不是还恨着他，你们之前毕竟曾有过一段感情……他马上要和别的女人订婚了，你若是气不过，完全可以哭出来，我不会笑话你的。”

林清昼打心底里感激李毫微的关心，可她还是慢慢摇头：“我没什么好难过的。”

李毫微思索了两秒：“明天要不要我陪你去？”

林清昼扑哧笑出声：“我又不是小孩子，哪还需要人陪？”

李毫微在视频那头故意开她的玩笑：“如果我不在现场拦着你，你该不会冲上去抢婚吧？”

林清昼愕然：“怎么可能？”

八年转瞬即逝，他们早已成长为大人，理应为自己的所作所为负责任，她的理智根本不可能让她做出任何出格的事情。

的确，这种事情怎么想也不可能发生在林清昼的身上，被林清昼的反应逗乐，李毫微笑得更厉害了。林清昼愣怔了一会儿，也跟着他笑了起来。

半晌，李毫微压低了声音，满眼关切：“确定真不用我陪你去？”

林清昼反问他：“你明天不是要出发去法国学习交流，顺便找找灵感吗？东西收拾好了没有？还有闲心管这么多？”

李毫微撇嘴：“真是好心没好报。”

林清昼笑起来：“你放心吧，我没事，真没事。”

知道林清昼不是性子软弱的人，李毫微便不再坚持：“那好，明天打扮得漂漂亮亮的，就穿我上个月送你的那套小礼服，让虞桉看看他错过了什么，让他后悔。”

林清昼忍俊不禁：“好，我一定好好打扮。”

两人相视而笑。

挂断视频电话，林清昼的笑容渐渐消散。

她的目光茫然地落在电脑屏幕上，左下角的微信图标闪烁不停，她点开来看，是夏长悠发来的消息。夏长悠发了几张婴儿的图片，问她这身衣服好不好看，哪个颜色最好看？

她手指停在键盘上，半天一个字也打不出来。望着照片里婴儿无忧无虑的笑脸，心中没由来地一阵刺痛，不知怎么的，她忽然回想起一件往事。

那是一节体育课。

陪他们一块上课的除了体育老师外，还有体育老师刚刚出生不久的女儿。

体育老师的妻子是隔壁小学的语文老师，平时很要强，坐完月子后，便将女儿交给了相对清闲的丈夫，然后投入了紧张的教学中。

体育老师一边严肃地上课，一边推着婴儿车哄小孩的样子别提多搞笑，喊完解散后，所有人都簇拥上前，七嘴八舌地逗弄小婴儿玩，林清昼也在层层包裹下探头张望。

两年前，她的亲生母亲生下了她同母异父的弟弟，她满心欢喜，一直说着要去看望弟弟，给弟弟买玩具。可母亲却让她专心学习，不必记挂着家里。且自那以后，母亲越发和她疏远。

她失落又迷惘，不知道自己做错了什么。

青春期的同学兴趣来得快去得也快，很快便三三两两地结伴去踢球或去小卖部买零食了，婴儿车旁只剩林清昼一个。

体育老师临时被叫去开会，便把自己的宝贝女儿交给班里最文静做事最稳妥的林清昼，让她照看一会儿。林清昼满口答应，小心翼翼地将粉色的婴儿车接过来，她蹲下身子轻轻勾住小婴儿的手，看着小婴儿的眼睛滴溜溜地乱转，只觉满心柔软。

“做什么呢——她是谁？”

虞桉不知道从哪里冒了出来，看清林清昼的举动后，也随着她的样子蹲在婴儿车旁。

林清昼习惯了他的神出鬼没，解释说：“这是我们体育老师的女儿，特别可爱。”

“可爱？”

虞桉对这个词表示质疑，他一挑眉头：“你喜欢小孩？”

林清昼点点头，轻轻捏住小婴儿的手指：“对呀，小孩多可爱呀，你不喜欢吗？”

虞桉伸出一根手指，戳了戳小婴儿肉鼓鼓的脸颊，他皱眉：“太吵闹。”

不知道是他手戳得太重，还是他这句嫌弃的话被小婴儿听懂了，小婴儿哇地哭了起来。

林清昼急了：“你戳她做什么？”

虞桉眉头皱得更紧：“娇气包。”

小孩一哭，林清昼便手足无措了。她不熟练地轻轻拍打着小婴儿的被子，口中哼着不成调的曲子，可一点用也没有。

她求助般地扭头问虞桉：“你把她弄哭了，怎么办？”

虞桉一副事不关己的样子：“让她哭呗，哭累了就不哭了。”

林清昼气恼：“你好过分！”

虞桉叹息一声，翻找了好一会儿，从婴儿车背后取出一个奶瓶，他将奶瓶塞到了小婴儿的嘴里，她果然不哭了。

虞桉压低了嗓音：“小孩真烦人。”

注意到林清昼不满的眼神，虞桉赶紧正色：“不过，如果是你和我生的小孩，我一定会喜欢。”

林清昼呆了呆，气愤的情绪一瞬间消散，意识到虞桉话语中的意思后，她整个人比煮熟的虾子还要红。

她害羞到无法和虞桉讨论这么遥远的话题：“什么呀，你……想得也太远了吧？”

面前的少年笑了一声，他意气风发，信誓旦旦：“林清昼，你迟早要嫁给我的。”

林清昼咬紧嘴唇，声音越来越低：“我又没有答应你……”

虞桉的语气一如既往地笃定：“林清昼，你未来不嫁给我，难道还想嫁给别人？”

……

未来不嫁给他，她不知道自己还能嫁给谁，还能不能遇到那么一个让她心脏剧烈跳动的人。

可未来不娶她，他却娶了别人。

林清昼脑海中千头万绪，无论如何也无法安然入睡。

她的理智告诉她，她和虞桉从来都不是一路人，即便没有夏长悠，他们也不可能恢复之前的关系，她也不允许自己再跟他牵扯不清。

爷爷与她联络的智能手机、虞桉的姐姐给她的二十万、教室抽屉里写满恶毒诅咒的信件……太多太多东西横亘在他们之间。

可她的心却叫嚣着，她的心酸、苦涩、难过是真实的。

她无法抑制自己的怅然若失。她无法不在意。

她只恨自己不争气，她什么时候变成这么多愁善感的人了？

她唯一能做的，是真心实意地祝福他们罢了。

订婚宴举办地点在四时晨昏酒店的主厅。

当天整个酒店只做这一场宴席，场地提前好几天便开始布置，极尽奢华。

虞桉邀请了白昼工作室所有人出席，林清昼顺势给绣师们放了假。

头一次参加这么大规模的订婚宴，小朱兴奋得不得了，提前一个星期就去商场买了新裙子，订婚宴当天一大早就来了工作室，等着林清昼起床。

听到外头的响动，林清昼走出房间，看小朱打扮得花里胡哨的，她觉得好笑："这是人家的订婚宴，你这么激动做什么？"

小朱冲林清昼做鬼脸："虽然我不是主角，但我好好打扮也算是锦上添花呀。"

林清昼望着她淡淡笑道："这件裙子能抵你半个月工资吧？"

小朱果然肉痛："从明天开始我就省吃俭用！"

一夜未眠，林清昼走到卫生间洗了把冷水脸，这才无奈地开口："你呀，果然还是个小孩。"

小朱笑嘻嘻地凑近几步小声问林清昼："哎，清昼姐，你说，虞先生和夏小姐的订婚宴肯定会来很多有钱……不是，我是说，社会各界知名人士吧？"

林清昼应："是有不少。"

小朱一副壮士断腕的样子："这叫舍不得孩子套不着狼，这场订婚宴肯定狼……呸，肯定金龟婿很多！"

小朱憧憬不已："也不知道我能不能钓到一个多金又帅气的金龟婿……"

林清昼哭笑不得。

拿着李毫微送她的小礼服在身上比了比，林清昼还是将其收了起来，穿了一身舒适的衣服，简单化个淡妆，再套上温暖的羽绒服，戴上防冻的手套。

她无意在他们的订婚宴上出风头，不论如何，虞桉曾是她心心念念的那个人，夏长悠则是她的好朋友。

对现在的她来说，维持温度比展露风度更重要。

这天上午，骆昭然是在自家夜总会的顶级套房里醒来的。

一室的凌乱证明着昨夜有多么疯狂。

秘书小樊早早在外头候着，听到动静便走了进来，他把早早准备好的一套崭新西服递给骆昭然，然后开口："小骆总，今天是虞氏虞桉先生和夏氏夏长悠小姐的订婚宴，邀请函他们提前一周就送过来了，现在时间不早了，您打算什么时候过去？"

骆昭然慢吞吞扣上衬衣扣子，随口一句："不去。"

小樊的万年冰山脸露出一丝愕然："骆总之前千叮咛万嘱咐过，让您一定要出席。"

骆昭然不屑地笑了一声："这么重要？那他怎么不自己出席？"

"这……"小樊一脸为难，"恕我直言，您若不去，岂不是显得骆氏太小气了？"

骆昭然手指力气过大，一粒扣子被他硬生生拽了下来："小气便小气，我本来就不是大气的人。"

他莫名一阵心烦意乱，脸上是无法掩饰的烦躁。

那日见面的场景犹在眼前。

找上门来让他负责的女人其实不少，他每次都能用一笔钱、一套房子或一辆跑车打发掉。

可夏长悠却不同，她是夏氏的独女，不管她说的是不是实话，若是拿捏住了她，等于联合了整个夏氏，强强联手的同时，还能打击在拂风市越发春风得意的虞氏，这自然是骆氏乐意看到的。

他若现在去抢婚，他笃定夏长悠会跟他。

可第一，这份礼不是他亲手抢来的，他不愿接受拱手相赠；第二，他骆昭然看中的女人让他接受另一个女人，这令他不爽；第三，花花公子的日子他还没有过够，他不愿早早被婚姻束缚住，更何况那个人是根无聊到只会哭的木头。

他实在很讨厌女人在他面前哭。

想起夏长悠盈满泪水的眼睛，他心中越发烦闷："准备一份礼物送过去。"

小樊躬身："是。"

四时晨昏酒店。

虞桉和夏长悠的父母早已到场，他们都是拂风市商界数一数二的人物，身边与他们寒暄的人络绎不绝。

隔老远便能看到虞桉站在入口迎客，自如地和到场的每一位宾客寒暄。他今天穿着一身剪裁良好的高级西服，身形高大气质卓然。再过半个小时，他会在众人面前牵住夏长悠的手，宣布他们将成为携手一生的伴侣。

犹在发怔，小朱已经拉着林清昼欢快地走了过去，小朱率先开了口："虞先生，恭喜恭喜，祝福你和夏小姐百年好合，永结同心。"

说着，小朱将自己准备好的礼物递上前去，旁边有人接过礼物，登记了下来。

林清昼只好也将自己提前准备好的小幅刺绣画一同递了过去。

虞桉早就注意到了她们，他先是礼貌地冲小朱弯唇：“多谢。”

然后才转眸望向林清昼，微微抬眉，似乎在等待着她会说些什么。

林清昼早已组织好祝福的话语，那段台词她在心里背得滚瓜烂熟，刚一开口，所有的话语忽然就堵在了喉咙里。

“你——”

她的目光凝固在了虞桉的领口处，她脸色微变，如遭雷击。

在人生最重要的场合里，他系的是一条黑色暗纹的手工领带。

那条领带用黑色和金色的绣线绣满了纹路，绣工放在今天来看，实在是拙劣而幼稚。她不敢相信，他居然在订婚的日子，系着她当年送给他的领带。

他怎么还留着？

虞桉的目光也顺势在自己亲手系的领带上顿了顿，他倏地轻笑：“林小姐想说什么？”

她想说什么？她想问他是不是疯了？他知道今天是什么日子吗？

林清昼心中恼怒，恨他为什么要做大胆出格的事情，为什么屡次三番以这种方式撩拨她，面上却逼迫自己冷静下来，她移开目光却并未看到另一个身影，不禁疑惑：“长悠人呢？”

虞桉神色未变：“可能有事吧。”

林清昼心底的疑惑越发增强，在这么重要的时刻能有什么事？但看虞桉并不着急，可能只是她多想了。

小朱早已迫不及待，拉着林清昼走进去找位置坐。她特意坐在了一群西装革履的青年才俊当中，她性格活泼，很快和他们相谈甚欢。

林清昼全程沉默，看到虞桉系着那条领带的震撼尚未褪去，他当时说过的话语犹在耳边——“我希望以后，由你亲自给我系。”

她不愿再细想，索性自顾自唤来服务员给自己倒了一杯纯净水，有一口没一口地喝着。她频频往入口处张望，门口始终只有虞桉一人，夏长悠迟迟没有现身，她开始不安。

一直到中午十二点，所有人都已就位，可夏长悠依然没有出现，林清昼给她打过好几个电话，她都没有接。

所有人都在等待夏长悠。

坐在主桌的几位长辈面子上有些挂不住了，索性借口公务繁忙提前退场。主持订婚宴的司仪从未经历过女主角不在现场的情况，一时不知如何是好。

虞桉依然镇定自若，他拿过司仪手中的话筒，脸上挂着得体的笑容：“抱歉，让诸位久等了，趁这个机会向大家宣布一个好消息，虞氏企业和夏氏企业即将在新开发区建一座拂风市最大最豪华的六星级酒店，择日动工，今天就当是我两家请客，晚宴早已准备好，还希望诸位可以赏脸到场。”

短短几句话便将“订婚宴”改成了“虞氏、夏氏合作请客”。

他并未解释夏长悠去哪里了，也绝口不提这原本是一场订婚宴。

女主角不知所终，男主角不以为意。

在场宾客面面相觑之余，一个个都是人精，见虞氏、夏氏的合作已成定局，顺势开始鼓掌欢呼。但归根到底，精心筹备了许久的订婚宴就这样荒唐地落入了尾声。

一旁的小朱蒙了，偷偷拿手肘碰林清昼：“清昼姐，这是怎么回事啊？虞先生和夏小姐的订婚宴是取消了吗？怎么突然说到建酒店上去了？”

林清昼也想知道答案，待“订婚宴”差不多结束后，她端着酒杯走到虞桉跟前敬酒，他身边只剩几个祝贺之人，而他被连番灌酒，此时眼尾微醺。

等人群完全散去，林清昼才在虞桉身边的空位上坐下，偌大的宴会厅只剩他们两个人。

从虞桉的表情里看不出悲喜，而是一派平静，胸有成竹的平静。

林清昼开门见山地问：“究竟怎么回事？长悠去哪里了？”

似乎感觉到热，虞桉低垂着眼睫，单手松了松领带，他不紧不慢地摇晃着手中的酒杯，简单答了一句：“不知道。”

林清昼尽量不去看他的动作，将注意力放在酒杯上：“长悠没出现，你就一点也不着急？”

虞桉倏地一笑，脸上并无担忧的神色：“她是成年人了，知道自己在做什么。”

见他这样不着急的态度，林清昼反倒放心了，这证明夏长悠没出现肯定是和虞桉商量好的。

不过——

林清昼再度皱眉："你毫无预兆地当众宣布了和夏氏的合作，可合作的前提不是你和夏长悠订婚吗？"

虞桉依旧心不在焉："谁说只有订婚才能合作？现在是21世纪，没必要搞和亲这一套吧？"

他轻轻抿了一口杯中酒："我还没打算牺牲一辈子的幸福来促成两家的合作。"

要在新开发区合资建设新型酒店是两家早就商量好的，准备在两人订婚后，作为他们的新婚贺礼，由虞桉和夏长悠各占股百分之五十。

毕竟在上一辈人眼中，只有结婚才算是真正意义上的一家人。

虞桉的姐姐目光长远，常年在国外打拼，不愿拘泥于传统酒店形式，一直寻求创新，追求酒店整体布局极具艺术感的同时，服务体系和餐饮水平也要跟上，所以她挑中了夏氏企业，这次订婚也是她一力促成的。

虞桉与夏长悠已经达成一致，即便他们不结婚也不会影响两家的合作，但促成这桩交易并不容易，接连几天他都在周旋安排。这次合作，虞氏出资从百分之五十提高至百分之七十，占股不变。他愿拿出这些年的全部积蓄，补全虞氏多出的百分之二十，以示合作的诚意。

剩下的，他自会去跟父母请罪。

林清昼忽然恍然大悟："你们根本就没想正常举办订婚宴？等等……那你们当初为什么要答应订婚？"

如果一开始就没打算结婚，那么根本没必要多此一举才是。

虞桉自嘲般轻笑了一声，因为饮了酒的缘故，他原本白皙如玉的脸颊泛起了很浅的潮红，他目光凝固在酒杯上，嗓音轻柔："因为我在自暴自弃。”

林清昼僵住。

虞桉神情稍有缓和，他抬眸望向她的目光似乎别有深意：“现在，我不打算和不爱的人结婚，我的心脏容量有限，只够装一个人。”

林清昼心头倏地一乱。

虞桉的手指无意识地扣在领口上摩挲着那条领带，似笑似叹，轻声低喃：“它束缚了我八年，我曾以为……我能挣开它。”

可到头来，他依然是网中鱼。

所以，他不再打算背叛本心，他愿束手就擒。

林清昼定了定神，猛然站起身。

她不想再继续这个话题，遂冷淡地说：“既然订婚宴取消，那么婚礼应该也不会再举办了。龙凤褂已经绣制了一小部分了……如果你要取消订单的话，我可以退你三分之一的工钱。”

虞桉怎么会看不出林清昼在跟他撇清关系。

他笑：“不急。”

虞桉撑着额头思忖了两秒：“你们继续绣，但不必再日夜赶工，你也不必亲力亲为，说不定这套褂裙日后能送给夏长悠当作新婚礼物。”

“你是说——”

“骆昭然身形跟我差不多，应该能穿进去。”

林清昼愕然：“骆昭然不是不愿承认这个孩子吗？你怎么确定他一定会回头？”

“我不确定，”虞桉静了静，“可长悠不愿放弃。”

林清昼一顿，却立刻明白了他的意思，不由得叹息。

情之一字，岂是说放手就能放手的？她无法释怀，夏长悠亦是无法释怀。

郊外某栋幽静别墅的玻璃顶院子里。

夏长悠不知从哪里翻出一个小水壶，她灌满水，细心地替院子里的花花草草浇水。

一番忙碌过后，她额角溢出汗水，心却是宁静的。

这片地区管理严格，住在附近的人非富即贵，不会有人来骚扰她。

一看时间，已经下午三点了，手机早已关机，不知道她没现身的订婚宴现场乱成什么样了，但她相信虞桉会处理好这一切。

她生来不自由，成长至今，这大概是她做过的最大胆最出格的事情了——她忤逆了父母的安排。

她无法想象父母是会心急如焚还是暴跳如雷，但她心底却溢出了从未有过的满足和祥和。

她已然下定决心，她不要嫁给自己不爱的人，她要生下自己所爱之人的孩子。不论孩子的父亲认不认，她都要抚养他长大。

学校放寒假了，下学期课程很少，虞桉会帮着她打点处理。

这个住处是虞桉替她安排的，在接下来的日子里，她会安心在这里养胎，没有人会打扰到她。

她不否认，她在心底还是对骆昭然抱有期盼的，期盼着他来到订婚宴现场，当众宣布她怀的是他的孩子。

但她同时也明白，这不过是奢望罢了。

虞桉对她唯一的要求是配合他。

事到如今，她已经退无可退。

所以她会竭尽全力配合他。

「第七章」背叛和亏欠

很快便到农历新年，街头巷尾处处洋溢着喜庆的气息。

虽然订婚宴荒唐落幕，但林清昼作为订婚宴主角指定的婚服刺绣师，无疑使更多人知道了她的名字。越来越多的人想与她合作，她的邮箱里每日都塞满了各类邀约。

龙凤褂的交单日遥遥无期，安排工作室绣师继续绣制的同时，她陆陆续续给自己接了一些小订单，日子有条不紊，难得悠闲。

订婚宴结束几天后，夏长悠主动给林清昼打来了电话，她连连道歉，说自己不是有意失联的。林清昼自然不会责怪她，问了她地址，打算有时间就去看望她。

林清昼安排小朱购买了对联和福字。

小朱向隔壁律师事务所借了梯子，准备亲自将对联贴上。

“再往上一点，稍微往左边挪一挪……对……就是这个位置。”

林清昼既要帮小朱扶着梯子，又要看她贴的位置正不正，还要把胶带和剪刀递给她，一时手忙脚乱。

好不容易将两边的对联贴好，小朱长出一口气：“没想到贴对联居然是个体力活，我还以为很简单的。”

她跟林清昼开玩笑："清昼姐，咱们工作室什么时候招男同胞呀？你看，你是女的，我是女的，里头工作的绣师也都是女的……我们几个女的天天大眼瞪小眼的，多无聊多不利于身心健康呀？"

林清昼应了一声："嗯，既然这么无聊，那我明天就发布招聘信息，看有没有男同胞来应聘助理这一职位。"

小朱一个激灵："我开玩笑的！"她拍拍胸脯，"清昼姐，你就把我当男的使就行了！"

说着，她拿起横联就打算往梯子上爬。

林清昼笑叹一声："好了，我来贴吧，你帮我扶着。"

小朱顺杆爬："那你小心点哦，这梯子不是很稳。"

林清昼帮小朱扶梯子的时候就发现了，这梯子摇摇晃晃不是很稳当，贴横联的门楣位置前后没有墙可以倚靠，危险系数更高，怕小朱毛手毛脚会摔下来，所以她才自己亲自上。

林清昼颤巍巍爬到了梯子最高处，她不去看地面，专注于眼前："你看这个位置正了吗？"

"再往右边一点……对对对，差不多啦。"

终于将横联贴上，林清昼的额头已经出了一层薄汗。把剪刀和胶带递给小朱后，她深吸口气，抓紧梯子往下爬，同时朝身后伸出手，示意小朱扶她一把。

"小朱。"

等了两秒，一只微热的骨节分明的手牢牢扶住了林清昼的手，他握得很紧，触感熟悉又陌生。林清昼僵了僵，下意识回头，果然见到了虞桉的脸。

他脸上没什么表情，牢牢注视着她，他的眸色极深，像是一片暗潮汹涌的大海。

身后小朱早已不见了人影。

林清昼在虞桉的搀扶下，稳稳落地，她松了手："谢谢你。"

虞桉稍一颔首，权当回应。

自订婚宴风波后，这是他们第一次见面。按理来说，虽然龙凤褂仍然是他们工作室负责，但她已经不再是虞桉指名的绣师，他们无须再有工作上的联系了。

林清昼客套地笑笑："虞先生不会是路过吧？"

知道她在疑惑，虞桉抬眸，沉着地望着她："我过来是想问问，不知道林小姐满不满意上次龙凤褂的价格？"

林清昼回神："什么意思？"

虞桉嘴角微微一翘，满眼势在必得："不知道我有没有这个荣幸，聘请林小姐替我定制手工西服？"

她还没说话，小朱便从里头欢喜地跑了出来："什么？手工西服？当然好呀，前几天清昼姐还说，想尝试一下别的花样……"瞟一眼淡漠的林清昼，意识到自己失言，小朱声音越来越低，"但我们工作室最近很忙，不知道有没有空……"

林清昼问她："你刚刚去哪儿了？"

小朱一脸蒙："我去放剪刀了呀。清昼姐你怎么自己就下来了？"

林清昼满脸黑线。

虞桉主动开口：“下楼走走？”

林清昼思考了两秒便答应了，她拿上外套，和虞桉一块下了电梯。

今年是个暖冬，虽然温度低，太阳却晒得全身暖洋洋的，林清昼沉默地走在虞桉身旁，微微恍神。

上一次和他这样安静地散步，不知道是什么时候的事情了。

只记得每个晚自习课间休息的时候，熄了灯的操场都会有好几对隐秘的情侣在偷偷散步，这是全校同学心照不宣的秘密。

虞桉借口有数学题不会做，把一心在题海里遨游的林清昼约了出来。

林清昼抱着纸笔站在教学楼下傻傻看着两手空空的他：“你不是说有数学题不会做吗？”

虞桉好气又好笑，恨不能抬手敲她一记，可手抬到半空又舍不得：“我在你心目中是个连数学题都不会做的人？”

林清昼迟疑了一下才摇头：“不是。”

虞桉虽然是校霸，迟到翘课是常事，但成绩却出乎意料地很好。他很有天赋，数理化三科的成绩稳稳占据年级前三，平时只有她请教他的份。

虽然她很少能鼓起勇气跑去请教他。

虞桉带着他的傻姑娘往操场的方向走，他抬眉：“那你还问？”

林清昼小声替自己辩解：“因为你说你有题不会做呀……我是相信你啊。”

听到这个答案，虞桉一怔，霎时心中软得一塌糊涂：“好，我的错。”

林清昼迷茫地看着漆黑的操场，不明白为什么虞桉带自己来这里。

她还未出口询问，手中的纸笔便被虞桉夺了过去，她犹在怔忪，下一秒，虞桉便轻轻牵住了她的手，与她十指相扣。

林清昼吓得呼吸都要停止了，还好黑夜掩饰住了她红透的脸颊：“你……做什么？”

虞桉理直气壮牵住她往前走：“散步而已。”

什么叫散步而已……再说了，散步就散步，为什么要牵手？他是真不担心被学校领导抓个正着吗？

林清昼小小地挣扎了一下，最终还是顺从了。

虞桉握得很紧，他的掌心微热，让她的心一下子变得酥麻滚烫——这是她和虞桉第一次牵手。

她低着头只敢看自己的鞋尖：“为什么……要在这里散步呀？”

原谅她吧，她实在是个没有情趣的人，偌大的操场黑漆漆的，她只觉胆战心惊。

虞桉轻笑一声，抬了抬下巴示意不远处依偎的身影：“喏，他们也在散步。”

林清昼不明就里：“所以呢？”

虞桉答：“所以我们也要散步。”

虽然身边的小小少女是个不肯直面自己内心的缩头乌龟，但他还是想要带她一起做其他情侣会做的事情。

林清昼似懂非懂地点头，依然不太懂这其中有什么关联。

她把虞桉约她出来的初衷忘到了九霄云外，此时，刺激的感觉多过与他独处的甜蜜。

习惯了按部就班的她，居然有些喜欢这样出格的举动。

白昼工作室地处拂风市市中心一座5A级写字楼里。

附近是数不清的高楼大厦，漫无目的地走了老半天后，林清昼开始觉得冷。

出门前忘了戴手套，做他们这行的最在意手指的灵巧程度，林清昼把手塞进衣服口袋里，这才正色："为什么又找我？"

虞桉似乎也在出神，不咸不淡地睨了她一眼才开口："我之前说过，我欣赏你的手艺。"

"这不是理由，专业定制手工西服的工坊很多。"

虞桉微蹙着眉头反问她："那你觉得理由是什么？"

林清昼一滞。

虞桉淡淡一笑，不紧不慢地开口："你想要多少？"

林清昼心冷了冷，事到如今，他依然觉得她金钱至上。

她没打算反驳，也不打算直接拒绝："我需要考虑一下。"

手头上接的几个小订单还没完成，她不想急于求成，一口气给自己太多工作量。

虞桉也不急，颔首："好，我等你答复。"

又走了一小段路，虞桉再度开口："对了，我们班的马迁你还记得吗？他昨天联系到我，邀请我参加同学聚会。"

林清昼脚步缓了下来。

马迁，这个名字她怎么会不记得？

兰因中学是拂风市数一数二的重点中学，高三年级总共只设立了十个班级，五个文科班、五个理科班。

林清昼在文科 3 班，她性子内敛默默无闻，除了成绩优异外，基本不会引起班里同学的注意。

可虞桉所在的理科 1 班，几乎每个人都知道林清昼的名字。虞桉毫不掩饰的追求，令每个人都对她印象深刻，羡慕的有，嫉妒的也有，其中不乏爱慕虞桉的女生跑来找她放狠话。

可那时候的她沉浸在被在乎、被肯定、被宠爱的微甜里，从来不会计较这些。

直到她小心翼翼维护的窗户纸被捅破。

马迁是虞桉的高中同班同学，家里有权有势，平时喜欢跟在虞桉身后，一口一个“桉哥”地叫他。他经常和虞桉一块在篮球场打球，把虞桉当成自己的老大。他一直觉得林清昼配不上虞桉，她太普通太平平无奇，而虞桉是天之骄子，是整个兰因中学最耀眼的存在。

林清昼与虞桉之间的关系被公之于众后，她被学校领导批评，除此之外，嘲笑奚落她，散布谣言，趁机踩她一脚的，最开始就是虞桉班里那几个男生女生。

虞桉出国后，林清昼更是如履薄冰，以马迁为首的那一帮人更是变本加厉，天天来她所在的班级堵她，一心想看她的笑话。

后来，果真如他们所愿了，她被退学了。

虞桉的声音将林清昼拉回了现实：“同学聚会的那帮人你都认识，去吗？”

林清昼点头：“好啊。”

仿佛虞桉只是简简单单问了一句，她便随口应了。

根本没有细想，跟随他一块去参加他们班的同学聚会，用的是什么样的身份。

也许是她回答得过于干脆，本以为她会拒绝的虞桉微微怔然，然后才点头，他眼底隐约有笑意：“好，明天我来接你。”

送林清昼回到工作室后，虞桉便离开了。

林清昼一时半会却静不下心来，那些远去的记忆再度席卷而来，一幕幕在她脑海中重映。

事到如今，她仍记得泼到她脸上的那杯冰水。

也记得那句：“没有虞桉护着你，你什么也不是。”

她半合上眼，安静地等待心中那股绵长的痛楚过去。

她的确可以回避这段往事，回避那群讨厌的人，此生不再与他们相见。可她骨子里是个要强的人，她不愿接受那个回避过去的懦弱的自己。

临睡前，她像往常一样，给李毫微打了个电话。

李毫微自出国后，便一直对林清昼不放心，生怕她会想不开。后来得知虞桉和夏长悠的订婚宴已经取消，更是担心她深陷其中，害怕她又受伤害。

林清昼没有办法，只能天天跟李毫微保证，自己跟虞桉除了工作上的往来外，一点瓜葛也没有。

这天，李毫微罕见地没有过问她和虞桉的事，而是跟她分享了自己最近的见闻：“你知道吗清昼，我最近遇到了一个有趣的人。”

林清昼好奇心激起：“有趣？怎么个有趣法？”

能让李毫微做出这样的评价，并不是容易的事。

说起这个人，李毫微眉飞色舞：“我连续三天在同一个地方碰到了她，她每天不是穿黑色套装就是灰色套装，头发梳得一丝不苟，脸上基本没有笑容。”

林清昼表示怀疑：“你确定这不是无趣吗？”

隔着手机都能感觉到李毫微在开心地大笑：“不啊，这很有趣。”

说起这个有趣的人，李毫微的眉眼里是他自己都没发觉的温柔：“你觉得这样的女强人，适合什么样的午餐？”

“什么样的午餐？”林清昼觉得这个问题很古怪，“这类女强人，应该整天喝着黑咖啡，吃着精致的外国料理吧？”

李毫微依然在笑：“你能想象吗？她每天中午一个人坐在喷泉水池旁边吃冰激凌和炸鸡。”

“冰激凌和炸鸡？”

好吧，画面有些诡异，她的确无法想象。

于是林清昼承认：“那的确挺有趣的。”

“我直觉，她就是我新的灵感缪斯。”

“居然有人能取代我的位置……”林清昼拖长了尾音，“那我还真得见一见。”

李毫微还在笑：“肯定有机会的。”

“嗯？你已经认识人家了？”

“暂时还没有，不过，我会认识她的。”

挂了电话，林清昼由衷地替李毫微高兴。他一心扑在工作上，被迫相亲了无数次却一直找不到对的人。

说不定这次，他终于碰到了最契合的那个。

下午五点，虞桉载着林清昼准时抵达了餐厅门口。

同学聚会，无外乎吃饭唱K，组织聚会的马迁将地点定在了拂风市最昂贵的餐厅。这里的食物其实并不算好吃，可以说是除了贵以外，一无是处。

但只有这样，才能凸显他的身价。

早早在门口等候的马迁一看到虞桉出现，便眼前一亮，赶紧迎了上去：“桉哥，你可总算来了，我还以为你这个大忙人不会来呢！之前年年聚会我们都喊你，你从没来过。”

虞桉简明扼要：“太忙。”

马迁亲热地拍拍他的肩膀：“来了就好，来了就好，大家伙都在里头等着你呢。”

他目光顺势落在虞桉身后那人身上，故作熟稔地开着玩笑：“你们一个个的都带着家属，是约定好了要气我这个单身……”

话还未说完，便见落后虞桉几步的林清昼冲他点头：“嗨，马迁。”

骤然见到林清昼，毫无防备的马迁眼睛都看直了，他脸红一阵白一阵的，半晌都说不出话来：“你不是……你们怎么……”

林清昼露出笑容：“好久不见。”

马迁终于缓过神来，心中震撼，三两步追上虞桉：“哎，你们……这是什么情况啊？”

虞桉漫不经心地反问：“什么什么情况？”

马迁瞥了一眼林清昼：“之前不是听说你要和夏氏的千金订婚吗？”

虞桉轻描淡写：“已经取消了。”

马迁瞠目结舌：“那你和林清昼……你们又……不对呀，你们当年不是已经决裂了吗？怎么现在……”

决裂？这个词令虞桉不适。

虞桉眉眼微沉：“如你所见。”

马迁又转头看向林清昼，注意到他的目光，林清昼依然温温和和地对他笑。

马迁顿时悔上心头。

林清昼会跟随虞桉一同出现在理科 1 班的同学聚会现场，出乎所有人的意料。

在场之人面面相觑，心中又惊又疑。再加上听说当年退学的林清昼现在是小有名气的刺绣师，刺绣作品远销国内外，更是咋舌不已。

毕竟，不是谁都有勇气从凄惨悲凉的泥沼中脱身，并功成名就跻身上流的。

一时之间，不少之前嘲弄过林清昼的同学主动过来和她寒暄。

大家混到现在，个个都是有头有脸的人，大部分人心照不宣地绝口不提当年之事，只祝贺林清昼取得的成就。

而林清昼保持笑容和他们周旋，只是偶尔会有一瞬的恍神。内心感慨，若她仍是当年那个尘埃里的小丑，他们是不是会对她不屑一顾？

诚然，她不否认自己并未释怀，但毕竟过去这么多年了，大家在各个场合大放异彩，总会有需要互相提携帮助的地方。

林清昼是头脑清醒的人，知道与其怨恨在心，不如一笑泯恩仇。

饶是林清昼多次推辞不胜酒力，还是被连番灌酒，不一会儿就脸颊泛红，眼神蒙眬。

虞桉也喝了不少，当年出国出得急，许久没有和昔日老同学好兄弟见过面了。此次能借这个机会和大家聚一聚，他心情很不错。

再则……他目光在身旁的林清昼身上顿了顿，她正在和几个女同学讨论刺绣有关的问题，一说起她的工作，她便口若悬河。

他不开口解释，所有人都默认他们是一对。

酒过三巡，虞桉起身去了洗手间，马迁也跌跌撞撞跟在他身后。他把胳膊搭在虞桉身上，感叹：“真怀念啊。”

虞桉笑笑：“是很怀念。”

马迁喝多了，说起话来无所顾忌。他感叹不已：“真是没想到，发生了这么多事后，你们还能在一起。”

虞桉不打算向马迁解释自己与林清昼之间的关系，只是轻轻弯唇。

马迁伏在盥洗台前，打开水龙头洗了把脸：“当年，我们都以为你抛弃林清昼了，你是不知道，那些骂她的话有多么难听……”

“抛弃？”

他何曾抛弃过她？

明明是她主动松开了他的手。

虞桉一静，转头望向马迁："你刚才说，什么骂她的话？"

马迁抹去脸上的水渍："当年你和林清昼传恋爱绯闻的事不是被捅到校长那里了吗？好多人在私底下传，说是她勾引你，说她不要脸，骗得你死心塌地……说什么的都有。听说她爷爷身体不好，听到这些传闻后，气得住了院……"

虞桉的身体有一瞬的僵硬。

所以，林清昼当年才会否认，说自己和他一点关系也没有吗……

虞桉一字一顿，恍若千斤重："这些事，我怎么不知道？"

"那段时间你不是忙着出国吗？当然没注意这些……她家那个情况，你也知道，根本凑不出钱来，他们都猜她找了金主……"

虞桉手指一颤，猛地抓住了马迁的领口，眉眼霎时间冰冷："你说什么？"

"不然林清昼是怎么凑到钱给她爷爷治病的？反正……反正当年你出国后，因为影响太恶劣，没几天林清昼就被学校劝退了，好像她爷爷没多久也去世了。所有人都说，她爷爷是被气死的。"

虞桉好像出去了很长时间，林清昼意识到身边的座位空了很久。

和虞桉一同出去的马迁倒是早早就回来了，只是目光不时往她身上瞄。这是虞桉的班级，她是和虞桉一同过来的，虞桉不在，令她不安。

不知过了多久，虞桉终于回来了，他眉目中仿佛笼着一层霜，嘴唇紧抿着，浑身散发着生人勿近的寒意。

他似乎去外头待了很久。

林清昼皱起眉头："你怎么了？"

连她自己也没有察觉到，微醺状态下的她下意识流露出的关心。

林清昼连续喊了他两遍，虞桉才回过神来，他转眸定定望着她，眼神缓了缓："没事。"

林清昼这才松了口气。

虞桉过了很久才冷静下来。

不，应该说，只是表面上冷静下来了。

是因为流言蜚语击溃了林清昼的爷爷的身体，所以她才否认他们之间的关系。

是因为家里拿不出钱来治病，所以她才拿了姐姐二十万。

这一切终于有了答案。

林清昼拿了虞桉的姐姐二十万的事，大家并不知情，他们只知道，在事情被告发后，他"抛弃"林清昼，独自出了国，将一切痛苦留给了她。

而事实也确实是如此。

当年林清昼当着校长老师的面赌咒发誓自己跟他一点关系也没有，再加上那二十万，他只觉得遭到背叛，所以才义无反顾地离开，根本没有察觉到她的忧心忡忡。

他此时心潮汹涌，恐怕这辈子都无法平复。

他一直以为是嗜钱如命的林清昼辜负了自己。

却不曾想，竟是他亏欠了她。

见虞桉回来了，马迁清了清嗓子，站起身：“各位，我有几句话想说。”

所有人都看着他。

马迁让服务员拿了两个干净的杯子，亲自倒满酒，然后端着杯子走到林清昼跟前，诚恳地说：“林清昼，我要跟你说一声，对不起。”

林清昼一愣，无法适应这一幕：“啊？不用……”

马迁憋了憋，整张脸都憋得通红：“林清昼，你先听我说完，高三的时候，你收到的恐吓信是我写的，也是我喊人故意把你关在体育器械室的，你的练习册也是我丢到男卫生间的。”

林清昼怔住，大脑不受控地回想起收到恐吓信时的惶惶不安，被迫关在黑漆漆的器械室时是怎样的无措绝望，又是怀着怎样的心情，趁着上课时间独自跑去男卫生间捡回湿漉漉的练习册的。

马迁还在继续说：“还有其他的很多很多事，都是我带头做的，当时年少气盛，做了很多错事，是我们太过分了，我在这里，当着大家的面跟你道歉，对不起。”

全桌人鸦雀无声，尴尬者有，冷眼旁观者有，还有好几个女生不自然地转开了脸。

只有虞桉一动不动，他神情凝固，一点反应也没有。

林清昼垂着眼睫安静地听马迁说完，半晌她轻轻笑了一声，长时间压在心口的巨石好像松动了一点，能听到他亲口道歉，她已经彻底释然：“没关系的，都过去了，过去发生的事，我早就忘了。”

听了她这句话，马迁如释重负，大笑起来："你这么说，我就放心多了。以后有什么事，你尽管找我帮忙，我一定赴汤蹈火在所不辞！"

林清昼笑："未来还得仰仗马大哥多多支持。"

看林清昼戴着完美的面具，善解人意地冲他们微笑，虞桉终于有了反应，他神情一冷，拉着林清昼的胳膊站了起来。

"够了。"

虞桉冷眼看着一桌子假惺惺的面孔，只觉陌生和厌烦。

他冷冰冰丢下一句："我们还有事，先走了。"

他不在乎他们是什么反应，径直拉着林清昼走了出去。林清昼毫无准备，直到被他拉了出来，接触到外头的冷空气，才意识到："我的外套和包还在里面。"

她转身想回去拿，虞桉却拦住了她。

他的眉梢不耐地一挑："让小朱去拿。"

他的口吻和姿态一如当年的少年，令林清昼情不自禁微怔，半晌她点头："好。"

她向虞桉借了手机，给小朱打了个电话，无暇解释她为什么会私底下和虞桉在一块，只能长话短说，让小朱去餐厅里拿她的东西。

天色已晚，一盏盏路灯和霓虹灯接连亮起，照得整座城市五彩斑斓。

寒风中，林清昼打了个寒战，虞桉顿了两秒，将身上的外套脱了下来递给她。

林清昼罕见地没跟虞桉客气，安静地将他的外套披在肩头。

“你从来没说过。”虞桉开口。

想必过去自己经历的一切，他已经知情，林清昼涩然一笑：“都过去这么久了，没什么好说的。”

“你当时明明可以告诉我——”

林清昼笑着摇头，也许是酒精的作用，她将这么多年无法说出口的话通通倾泻而出：“告诉你什么？告诉你……他们用一些肮脏到了极点的词语形容我？还是告诉你，爷爷受不了打击病倒了，所以我收了你姐姐的钱？你能做什么呢？悠悠众口是堵不住的……难道让我去问你要钱吗……难不成，我真的是一个攀附有钱人的人？”

虞桉浑身一僵。

“你知道吗？当年是我做错了，是我没有看清我们之间的差距……所以现在，我只想努力赚钱，只有赚钱才能带给我安全感，我不想再陷入只有求人才能存活下去的境地里。”

林清昼眼神蒙蒙眬眬的，她深吸一口气，话音中似乎带着鼻音：“虞桉，我们是不一样的人，你可以做到无所顾忌，想说什么就说什么，想做什么就做什么，我却不能。”

她说：“这世上，从来就没有感同身受。”

她无法歇斯底里，无法怨天尤人，她只能选择独自默默承受。

虞桉的外套对林清昼来说实在过于宽大，虞桉索性站定在她身前，替她扣上扣子：“你没有必要逼自己面对他们。”

林清昼安静地看着他的动作，缓缓摇头：“我没有逼自己，我只是厌倦了怨恨。”

虞桉垂眼替她扣上外套的最后一个扣子，语焉不详地说：“可有些事，你能原谅，我却不能。”

她能原谅那些恶语相向的人，他却不能。

她能包容过去遭遇的所有苦难，他却不能。

更无法饶恕那个一无所知一走了之的自己。

“林清昼，我是单身。”虞桉忽然说。

林清昼一怔。

不可否认，婚约作罢，虞桉现在的的确确已经恢复了单身。

虞桉一字一顿，说得无比认真：“林清昼，我不想我们之间只有金钱——我是说工作上的关系。”

林清昼倏地抬眼望着他，心跳开始失控。

她知道，某些她在午夜梦回时，无数次想要听到却又不敢听到的话语即将呼之欲出——

虞桉定定望着林清昼的眼睛，他嘴角弯起弧度，说话的口吻依然是当年那个张扬肆意、无所顾忌的少年那般：“林清昼，我要重新追求你。”

他没有询问，没有试探，只是简单地陈述一个事实。

他毫不掩饰，他坦坦荡荡，他不容抗拒。

林清昼不愿接触虞桉的眼神。

她思绪繁杂，酒精的作用让她无法准确地思考，但她下意识就拒绝：“抱歉，我现在不打算……”

虞桉伸出一根手指抵住她的嘴唇，他眼尾噙笑：“林清昼，不要用这些话搪塞我，你怎么想是你的事，我怎么做是我的事。我是单身，有权利追求世界上任何一个单身的女人。”

林清昼沉默了，避开虞桉的眼神：“时间不早了。”

虞桉接过话头：“好，我送你回去。”

八年，他们之间有长达八年的空白期。

他想竭尽全力弥补。

那些错过的，那些遗憾的。

这次，他不会再允许林清昼落荒而逃。

「第八章」热闹的寂寞的

周六的上午。

林清昼在绣一株并蒂莲花，粉白的花瓣颜色由浅至深，姿态楚楚可怜。

订单是一位独居的老太太亲自来工作室下的，老太太年轻的时候是个军医，救死扶伤。可即便她医术再好，也只能眼睁睁看着自己的老伴去年因病去世。

她和老伴每年最爱去人民公园看莲花，今年老伴不在身旁，便只能睹物思人，向来省吃俭用的老太太决定在白昼工作室定制一幅莲花图挂在卧房里。

几乎是立刻，林清昼便接下了这个订单，还跟老太太说，最近工作室在搞活动，给了她最低折扣。

这幅莲花图林清昼绣得很用心，连午饭时间到了都不知道。

外头小朱探头，生怕打扰到她，小声喊：“清昼姐，你点的外卖到了。”

一连叫了好几遍，林清昼才反应过来。她终于停住手中动作：“外卖？我没有点外卖呀。”

“啊？”小朱挠头，“那个外卖小哥说就是给你的。”

“让他拿走吧，我没点。”

外头传来一个戏谑的声音：“就算没点也该按时吃午饭才对。”

看到来人，林清昼短暂的愕然后，恢复冷静："骆先生。"

送外卖的不速之客竟是许久不见的骆昭然。

小朱听到"骆先生"这一称呼，不由得多看了骆昭然几眼，虽说他日日差人往这里送花，可实际上，这是他第一次亲自登门造访。

人嘛，的确挺帅气的，可一想到他风流的传闻，小朱顿时心生不满。

骆昭然把饭盒搁在办公桌上，转头笑看着林清昼："惊不惊喜？"

林清昼挥挥手，跟小朱示意没事，让她先出去，这才从绣架前起身，她吸吸鼻子，夸了一句："很香。"

骆昭然早已自顾自将饭盒打开，招呼林清昼过来坐："这是我让家里的阿姨做的，两菜一汤，不知道合不合你的口味。"

林清昼觉得这幅场景有些诡异，上次不欢而散后，骆昭然居然还会来找她就已经够奇怪了，还无缘无故给她送午饭？

如果说在面对虞桉时，她是下意识掩饰住自己的情绪；那么在骆昭然面前，她必须时刻保持警惕。

林清昼镇定自若地在自己的办公桌前坐下，也不问骆昭然为何而来，开始吃他带来的午饭。

骆昭然自来熟地参观整间办公室，他问："墙上挂的都是你绣的吗？"

林清昼看着他的背影："有些是我绣的，有些是师傅绣的。"

骆昭然拊掌夸赞："不愧是大师。"

"厉害的是师傅，我还差得远。"

看刺绣画看得差不多了，林清昼也吃得差不多了，骆昭然睨了她一眼，问："味道怎么样？"

喝了一口汤后，林清昼不急不缓地开口：“不太符合我的口味，下次可以不必送了。”

骆昭然笑起来。

他拉开椅子，索性在林清昼对面坐下，他下巴搭在交叠的双手上，饶有兴致地看着她：“我的确对你很感兴趣。”

林清昼双眸无波无澜，安静地看着他，等他继续往下说。

骆昭然微微一笑，反而更加欣赏她：“但我承认，更多的原因是我想打败虞桉。”

他实在是个矛盾的人，纨绔风流，心思深沉却又充满少年稚气。

此时，骆昭然眉眼带笑，似乎在诚心诚意与她商量：“我不想虞桉好过，你似乎也不想他好过，不如，你跟了我？”

林清昼沉默了好一会儿：“既然你想打败他，为什么不顺势娶了夏长悠？这难道不是两全其美吗？”

骆昭然觉得好笑，连连摇头：“那有什么意思？”

林清昼觉得迷惑：“那什么才是有意思？”

骆昭然答：“和朋友喝酒是有意思，送喜欢的人花是有意思，去陌生的城市旅行是有意思……人活在世，不就是求一个有意思吗？抢走虞桉的未婚妻有什么意思？只有抢走他真正心爱的女人，这才有意思。”

林清昼低头吃菜，脸上依旧挂着淡淡的笑：“骆先生误会了，我不是你以为的那个人。”

骆昭然也笑：“清昼，逃避可不是解决问题的办法，自欺欺人没有用。”

林清昼再次重申：“我和虞桉之间没什么。”

话虽这么说，她脑海中却立刻回想起了那天晚上，虞桉脸上挂着笃定的笑，告诉她，他要追求她。

“啧，是吗？”骆昭然思忖了两秒，“可我怎么听说，你和虞桉之前在同一所中学读过书？”

林清昼表情冷了下来：“你调查我？”

骆昭然摸摸下巴，语气温和，眼中笑意不减：“清昼，我说过的，我想跟你交朋友，适当了解朋友的过去，才能使我更好地投其所好。如果我的做法令你不开心了，那我道歉。”

他说话直率坦诚，林清昼反倒不好意思多加责怪。

林清昼站起身，将早晨收到的那束薰衣草自沙发上抱了起来，她思索了一阵，然后望向骆昭然：“骆先生连续很长时间都送薰衣草过来，这就是投其所好？”

骆昭然将椅子旋转过来，看着她的动作：“我喜欢这个味道，而且觉得薰衣草和你很配。”

林清昼摇头：“可我并不喜欢薰衣草，骆先生有没有想过，你错误估计了自己的喜好？”

“什么？”

“长悠喜欢紫色，也很喜欢用薰衣草味道的香水。”

骆昭然忽然脸色微变。

林清昼走到办公桌前，撕了一页纸，拿笔写了几句话，然后递给他：“这是地址。”

骆昭然眼神闪烁了一下，他将那张纸接了过来，兀自笑了笑，然后当着林清昼的面将其撕成两半。

他的话语依旧温和："看来，我们都没必要做浪费时间的事。"

郊外幽静的小别墅里。

夏长悠睡到下午才醒，随着时间的推移，她越来越嗜睡。

她慢吞吞起身走到餐厅，阿姨早已备好了营养丰富的午餐，即便胃里不适，她还是逼着自己吃了不少。

正打算去院子里坐一坐，照料一下花草，门外忽然传来门铃声，以为是林清昼来访，她兴奋地亲自过去开门。甫一看清来人，她的笑容便僵住了。

"怎么……是你？"

她找了个花瓶小心翼翼将骆昭然带来的薰衣草插进去。

夏长悠去屋子里给骆昭然搬了条椅子出来，搁在她平日闲坐的玻璃顶小院的藤椅旁，她紧张得连话都无法连贯说出："你……你坐。"

骆昭然语气很温和："你怀孕了，这些事交给阿姨做就行。"

"好。"夏长悠乖乖应声。

静了静，夏长悠攥着衣角小心翼翼地问他："你……是特意来看我的吗？"

她眼中是无法遮掩的希冀的光。

他主动来找她，已经让她无比雀跃无比满足了。

骆昭然没有立即回话。

他第一次认真打量面前的夏长悠，她比上次见面清瘦了许多，宽大的浅紫色羊绒长裙将她的身形完全掩盖。她的眼睛大而清澈，是不曾被世俗污染的天真。

她就像水晶球音乐盒里被拉扯着跳舞的小人，一刻不停地旋转，华美精致却枯燥易碎。

明明是他最无感的那类女人，可他却鬼使神差记住了这个地址，还给她带了一束花。

他大概是疯了。

骆昭然终于开口，他大方承认："我的确是特意来看你的。"

夏长悠脸上一喜，笑容还未来得及绽开，便听到了他接下来的话。

"我来是想告诉你——"

他说话的嗓音明明温柔，话语却冰冷："你太蠢了，蠢得无药可救。"

夏长悠脸色一下子灰败，她不敢置信："你说……什么？"

似乎不忍接触到她失落的目光，骆昭然站起身踱了几步，他脸上笑意不减："为了一个不会被承认的孩子放弃联姻，太蠢。

"不顾自己光明美好的前途，太蠢。

"觉得自己有能力做一个单亲妈妈，太蠢。

"期望我会因你而改变……蠢上加蠢。"

一大滴滚烫的泪水砸在了夏长悠的手背上："你闭嘴。"

骆昭然静了静，明知道她会伤心难过，甚至会恨他，他还是继续说："你不会真以为将孩子生下来做个亲子鉴定，我就会认吧？趁现在还早，赶紧把孩子打掉吧。"

"你滚！"

一个柔软的靠枕砸到了骆昭然的后背上，夏长悠似乎力气用尽，颓然地瘫坐在地上，她用尽全力声嘶力竭：“滚出我的房子！”

骆昭然嘴角微微弯起，俯身将靠枕捡了起来。

他点点头：“我会走。”

夏长悠低垂着头，看也不看他，嘴里颓然地念着：“离开我的房子……”

骆昭然很轻地叹了一声，走到夏长悠身旁将她扶起来，她身上萦绕着淡淡的薰衣草香味，意外地令人心安。

他温柔的话语宛如在对亲密爱人说动听的情话：“你最好想明白，这个孩子永远不可能姓骆。”

夏长悠猛地甩开他的手，脸色煞白。

她的反应明明是他期望看到的，可当她真这么做时，骆昭然心中忽然溢出一股难以言喻的烦躁，他皱紧了眉头，然后又松开。

半晌，骆昭然开口轻声叮嘱：“身体是你的，照顾好自己，我会安排人给你一笔钱，所有的损失，我愿意赔偿，就当破财消灾。”

然后起身准备离去。

“等等……”

身后的夏长悠突然喊住了他。

骆昭然停住脚步。

夏长悠顿了好几秒，然后才慢慢开口：“骆昭然，你错了……我不要你的钱，我什么都不要，我很讨厌被人误会，尤其是……那个误会我的人是你。”

骆昭然一动不动。

“放弃联姻，我是为了自己；放弃所谓光芒的前途，我也是为了自己……我不觉得自己有能力可以将宝宝抚养长大，但我愿意努力……我从没期望你会改变。”

夏长悠吸了吸鼻子，她不可抑止地自嘲轻笑：“喜欢你是我一厢情愿，上你的床也是我一厢情愿，与你无关……你若是担心我日后会纠缠，尽管放心。”

“那就好。”

“请你也保证……不要……再来骚扰我。”夏长悠一字一句说得缓慢，心如刀绞。

骆昭然顿了顿，随即淡笑：“我答应你。”

看着骆昭然头也不回地离去，泪水模糊了夏长悠的双眼，心中消沉失措的感觉却怎么也无法消散。

她觉得委屈到了极点，明明自己没有做错什么，却要被各方指责。

婚约已经取消，父母不理解她，骆昭然不承认她，她已经进退两难了，没有人可以帮她。

她到底哪里做得不对？她怎么会落入这样难堪的境地里？是不是只有一死了之才能真正做自己？

她的自尊早已被彻底击溃，她忍不住苦笑，笑着笑着又开始落泪。

果然，他一直是她印象中的骆昭然。

温柔，无比温柔却又无比无情。

她一个人安静地待了好久，直到阿姨小声喊她：“夏小姐，有客人来了。”

夏长悠僵硬地开口：“不见……”

“可是……”阿姨有些为难，“客人让我告诉你，她可以帮你。”

夏长悠慢吞吞走到门口，一眼便瞧见门外站着的女人，她妆容精致，从发梢到鞋尖都无比完美，她的笑容无懈可击。

“夏小姐。”她主动打招呼。

“你认识我？”夏长悠迷惑地望着这个陌生的女人，“你说你可以帮我？你打算……怎么帮我？”

“当然，如果你愿意的话，可以叫我姐姐。”

春节过后，工作室的订单量不增反减，不仅连续多日没有新的订单，连好几个之前约好的单也临时退了。

小朱把刚打印出来的一大摞资料往办公桌上一搁，苦恼不已：“怎么办呀，清昼姐？之前那个要搬新家，找我们定制‘家和万事兴’挂字的陈小姐就差签合同这一步了，刚刚居然也退了，还说什么她老公最近新收了一幅名家山水画，所以不打算买挂字了。”

林清昼很佛系：“取消订单是常有的事，你要看开一点，没有签合同，一切就是未知数。”

小朱哀叹：“这是这个月第九个取消的订单了！这太不正常了吧？是不是有人在从中捣鬼呀？”

林清昼闻言不禁也疑惑起来：“应该不至于吧？现在拂风市刺绣行业的竞争已经这么激烈了吗？”

小朱语重心长：“清昼姐，你就是太老实了，每次顾客说点好听的话你就答应打折降价的，说不定就是他们到处宣扬，所以那些原价定制的顾客不肯依了。”

林清昼哭笑不得，只觉得小朱脑洞太大。

白昼工作室打着高级刺绣定制的名头，大到屏风小到团扇，各种类型和风格都能尽善尽美地完成，所出作品皆为精品。

与工作室有过合作的客户哪个不是好评满满？

与小朱讨论了半天都没讨论出结果，手机忽然响了。

是虞桉打来的电话，在小朱揶揄的目光中，林清昼暗暗清了清嗓子，恢复了一贯冷淡的语气：“有事？”

自虞桉通知她要追求她起，便立即付诸行动，隔三岔五便往她这里跑，若不是知道他在天文研究所担任重要角色，她几乎要以为他是个大闲人了。

这段时间，她态度一直不咸不淡，拒绝了他很多次邀请，他也不着急。

但不可否认，他们之间的关系的确有所缓和。

虞桉刚刚从实验室出来：“定制手工西服的事，考虑得怎么样了？”

脑海中电光石火，林清昼立刻就明白过来了：“是你做的吧？”

电话那头，虞桉似乎很无辜：“我做什么了？”

林清昼皮笑肉不笑：“你故意让我接不到订单，好让我接你的单是吗？”

虞桉仔细思索了一下，他昨天好像的确安排手下的人给一位陈姓小姐的老公送了一幅名家亲手绘制的山水画。那位陈姓小姐的老公是名警察，以曾受过他帮助为名送他礼物，合情合理。

他要弥补两人之间空白的八年，不是征求林清昼的意见，而是告诉她，他要这么做。

她若喜欢钱，他便砸重金留她在身边。

在这件事上，他的确使了点小手段，让她几个顾客心甘情愿退了单。

但某人当然不会承认：“你想太多了，是不是最近太辛苦了？”

他顺理成章地转移到下一个话题：“吃午饭了吗？”

林清昼早该想到的，他厚脸皮的程度一如既往，遂答：“吃了。”

说完，她的肚子便不合时宜地叫了一声，还好隔着电话虞桉听不见。

“那好，我等会儿叫人给你送点吃食来——”

“我说我吃过了。”

虞桉很坚持：“所以我送的是下午茶。”

林清昼一噎。

龙凤褂制作周期无限期延长，虽然意味着工作室绣师不必再日夜辛劳，但同时，回报率会远低于付出率，也意味着她再接不到单，可能真的要没饭吃了。

林清昼在心中叹气：“手工西服的事，你什么时候过来签合同？”

刚挂了电话，小朱便抱着电脑闯了进来：“清昼姐，你上新闻了。”

“怎么了？一惊一乍的？之前不是上过好几次吗？”

之前几次她的巡回展被报道，以及她被媒体独家采访的新闻全被小朱打印了下来，张贴在工作室里。她觉得不好意思，想撕下来，小朱却言之凿凿，客人看到这类新闻会更加信任工作室，提高订单量，后来果真如此。

小朱急急忙忙把电脑往林清昼面前一推，她的脸色很不好看：“这次不同。”

看到标题上与她名字相连的是刺眼的“抄袭”二字，林清昼大脑霎时间一片空白。

顾不上细想，她逼自己快速冷静下来，认真查看新闻内容，里头说的是她早两年一幅获得国内工艺美术大师银奖的名为《静默》的作品，抄袭了一个名不见经传的网络画手“晚晚会加油”发表在绘画平台上的作品，比她的《静默》早发表三个月，作品名为《飘摇的心》。那位“晚晚会加油”没什么名气，虽然这几年陆陆续续一直在插画网站发表画作，可点击率不高，可以说是毫无讨论度。

新闻上附上了对比图，两幅图不论是取景构图还是所绘景物都很相似，林清昼的作品描述的大雨倾盆后被打乱的一池菖蒲，其中零散点缀着几片紫色小花，蜻蜓在花下避雨，几尾鲤鱼冒着头大口呼吸。网络画手绘制的是大雨滂沱中凋零的荷叶，同样是几只蜻蜓，几尾小鱼。

的确很像，这类微妙的相似感很难界定清楚。如果这幅《静默》不是她亲手所绣，可能她也会觉得它有借鉴那幅《飘摇的心》。

小朱急得眼泪都要掉下来了：“是不是这个原因，所以大家都不来找我们下单了？到底是谁这么下作，用这种手段诋毁你的声誉？清昼姐，你根本不可能抄袭！”

林清昼已经彻底平静下来，她交代小朱：“你先别急，你替我找一找那个画手的资料，看能不能联系到她。”

“清昼姐，你不生气吗？”

林清昼垂眸思索：“生气也没有用。”

小朱唉声叹气：“唉，这可怎么办才好？不如咱们去跟画手商量一下，就说是临摹，好不好？”

林清昼摇头：“当然不行，我今天第一次看到这幅画。”

做他们这行的，最在乎名声。若是临摹大师之作便大大方方承认，这对刺绣行业来说很正常。可她在绣制那幅《静默》的时候，并没有临摹任何作品，而是纯粹的原创，这才被钻了空子。

一旦背负了“抄袭”“撒谎”“作假”的名头，便很难再洗白了。各大展览也不会接受一个有污点的刺绣师的作品。

工作室楼下，好几个记者围堵在大门口，无数闪光灯对准了林清昼：“林小姐，对于网络上流传的抄袭事件，你怎么看？”

林清昼神情凝固，低着头一言不发，在这个风口浪尖，多说多错。

可那些质问的声音不绝于耳：“林小姐，据小道消息说，那位‘晚晚会加油’认定了你是在抄袭，准备提起诉讼，你打算回应一下吗？”

“林小姐，作为国内颇负盛名的刺绣大师，欺负一个小透明画手，不觉得羞愧吗？”

林清昼脚步一停，沉默地看了那个言辞最尖锐的记者一眼，话语远比寒风刺骨。

护在她身边的小朱怒了：“你们在没有证实的情况下，无缘无故就说我们抄袭，你们难道不觉得羞愧吗？”

林清昼还是不说话，心底的另一个自己甚至在冷眼旁观。她不是第一次落入这样的境地里，被误会而已，被诬陷而已，被诋毁而已，当年都一个人走过来了，这次她更没必要害怕。

就这样吧，大不了……又变成一个笑话，又一次坠入深渊。

一只有力的手忽然将林清昼的手腕攥住，将她从人群中拉了出来。

林清昼表情终于有些松动，她甚至怀疑自己是不是在做梦，她意外虞桉会出现在这里。

她看到虞桉对那群无良记者露出冷淡的笑，他的嘴唇一张一合：“抱歉，无可奉告。”

他紧握的手给予她力量。

事实上，挂掉电话后，虞桉也看到了新闻——拂风市知名刺绣大师林清昼深陷抄袭风波。

他立刻就联系了自己的律师，询问律师这是否构成侵权，以及最好的补救措施是什么。

八年前，他太过自傲，没能护住她；这次，他一定要竭尽全力护住她。

虞桉的出现，无疑让众人哗然，一时之间，话筒和焦点也被转移了：“虞先生这是打算维护林小姐吗？”

“听说虞先生的婚服是由林小姐一手操刀的，您怎么看待这次抄袭事件？”

“虞先生和林小姐是什么关系？”

……

虞桉拉着林清昼的手走到车前，他打开车门，小朱机灵，赶紧拉着林清昼坐了进去。

他在车前顿了顿，淡声道：“你们有空在这里质问我，不如回去翻一翻法律条文，查查诽谤的后果是什么。”

记者们对视一眼，更加争先恐后：“您的意思是，这是一起诽谤事件吗？”

“您为什么这么相信林小姐？”

……

虞桉最近搬到了四时晨昏酒店附近的高档公寓里。

精致的复式结构，三十层以上的高楼，落地窗外便是大海。位置很幽静，可以隔绝掉所有吵闹的声音。

“喝什么？”

小朱举手：“可乐，有可乐吗？”

林清昼说：“水就行了。”

虞桉给小朱拿了一罐可乐，又给林清昼倒了杯水：“那群记者估计这段时间都会守在你们工作室楼下，你不如给自己放个假，你工作室不是有挺多绣师吗，交给他们去做，你不必事事亲力亲为。”

小朱也认同：“对呀，清昼姐，你这段时间最好还是别回工作室了，安全第一。”

林清昼说：“我没这么容易被击垮。”

小朱说起大道理来一套一套的：“清昼姐，你真的没必要所有事情都一个人扛着，我们都是工作室的一分子，都想尽自己的一份力，你要是待在工作室里，记者肯定不会放过你，我们肯定也会被打扰的。总不能因为网上说你抄袭，整个工作室都停工吧？”

虞桉接过话头：“我这里空房间很多，你可以住在二楼。”

林清昼沉默了一下。

虞桉微一弯唇，口吻平淡地说：“放心，研究所给我安排了宿舍，我很少回来住。”

小朱宛如虞桉的神助攻：“清昼姐，我去帮你把行李搬过来！”

两人你一句我一句，让林清昼无话可说。现在分明是危急时刻，他们的存在却莫名让她心安，只觉得热闹和满足。

林清昼不是喜欢给自己找事的人，这种情况下，她实在分不出心思来临时去找住处。

李毫微现在不在拂风市，找他帮忙不太现实，小朱解决自己的衣食住行都不容易，更不能麻烦她。

暂时住在虞桉这里……好像的确是快捷的办法。

于是她答应了：“那就打扰了。”

手机铃响，虞桉走到窗前接了个电话。挂断后，他若有所思转过头望着林清昼：“那个画手回应了。”

一打开微博，便在热搜上看到了“晚晚会加油”的长文，她声称愿意与林清昼和解，不会起诉，只要林清昼支付她五千块版权费，并发微博向她道歉。

小朱很不理解：“她搞出这么多事，就为了这五千块？”

林清昼抿了抿唇，眼眸一黯：“不是五千块钱的事，我若是同意她的建议，选择息事宁人，付了这五千块，就是承认我是抄袭的。”

虞桉也微微颔首，认同林清昼的说法：“她想要名利皆收。”

这招很妙，“晚晚会加油”看似体贴的话，却将林清昼钉死在“抄袭”的耻辱柱上。

不仅如此，“晚晚会加油”还能踩着她一步登天，进入大众的视野中，会有不少追寻热点的人来找她买画寻求合作，她便不愁吃喝了。

小朱恍然大悟：“她这个人怎么这么阴险啊？她还真是够努力的，只是她的努力没放在正途上。”

林清昼的公开微博底下全是质疑和唾弃的声音，她一条一条仔细看。

虞桉却走过来合上了她的电脑：“别看了。”

林清昼抬眸，平和地说：“我没有抄袭。”

虞桉没有一丝迟疑：“我知道，她身后肯定有高人在指点。”

林清昼讶异地看了他一眼，心中绷紧的神经竟然松了松……天知道，她多么希望能有人全然地信任她，不问原因不顾后果，愿意和她并肩面对一切。

最初，她希望是虞桉；后来，害怕是他；现在，感激是他。

虞桉皱紧眉头，捏紧了手机：“你好好休息，我会找律师解决这件事。”

他手段一贯强硬，身边有市内乃至全国数一数二的好律师，反告那人诬陷，他有信心能完美地解决这起风波，让那人血本无归。

林清昼愣怔半秒，坚定地望向虞桉："谢谢你，但我想自己面对。"

她知道虞桉在想什么，但她不愿把事情闹僵，那个画手年纪不大，前途一片光明，她不想毁了那个画手。他能为她做到这个程度，她已经很感激了。

虞桉定定注视着她，却见她笑得眉眼弯弯，她似乎终于卸下对他的防备，于是他的眉头也微微松开。

他沉默片刻后，颔首："好，我陪你。"

他了解她，一如她懂他。

他不否认，他想把她护在自己的羽翼下，让她不再经受风雨，让她自此安心无忧。

让她放心，亦是让自己宽心。

可她在经历了种种波折后，依然温柔而强大，依然毫无保留地包容一切。

她想自由生长，想用自己的方式解决问题，那么，他愿意陪她。

南渡大厦顶楼。

骆昭然独身一人站在阳台上抽烟，他穿得很单薄，丝毫不惧寒风凛冽。

他已经这样子站了两个小时了。

秘书小樊叹息一声，尽职尽责地上前给自家老板披上大衣，然后汇报了最新消息。

"开新闻发布会？"

小樊：“对。”

骆昭然眉头一抬，饶有兴致：“这年头还有人开新闻发布会？真是老土。”

小樊说：“林小姐是真不怕把事情搞大。”

骆昭然吐出一口烟圈，侧过头：“你觉得她有没有抄袭？”

小樊一板一眼地答：“这不重要。”

骆昭然笑了，抖了抖烟灰：“对，这不重要，想要证明她的清白太难了，重要的是她的态度，她只要露怯，便是心虚。”

小樊认可地点头：“林小姐是个聪明人。

“对了，刚才我上楼的时候，发现高小姐在楼下等您，她想来找您，结果被保安拦住了，您之前说过，不让任何人打扰您。”

骆昭然语气平平：“谁？”

他根本记不住这么多名字和称谓。

小樊说：“就是那位姓高的女明星，您最近一直没找她，她可能觉得受了冷落，所以……”

骆昭然忆起那个女明星的脸，之前只觉得她骄纵可爱，现在却觉得过于缠人。不知怎么的，他忽然想起夏长悠含泪的眼和萦绕在她发尾的薰衣草香味。

他了解自己，也了解为什么那些女人会喜欢他。他英俊，他有钱，他对她们温柔体贴有求必应。

从没女人对他毫无所求过，这在他眼里，不是单纯而是蠢笨。

这世上，就不应该存在纯粹的人。

骆昭然皱紧眉头，冷声道：“让她走。”

小樊应：“好。”

小樊走出几步远，骆昭然又喊住了他：“等等。”

“她看中的那辆跑车，买下来。”

小樊松了口气，果然，这才说他熟悉的骆昭然。他是个花花公子，身边女人不断，习惯了热闹，何曾一个人长时间独处过。

他问：“小骆总这是打算回心转意了吗？要不要喊高小姐上来？”

骆昭然轻嗤一声，眉宇间一派冷然：“把车送给她，让她以后不必再来了。”

秘书小樊自诩很会揣摩骆昭然的心思，这回却愣住了，半晌他才反应过来：“是，我这就去安排。”

走到门口，他又忍不住回头瞥了一眼——

骆昭然又恢复了那副一动不动的姿势，指尖香烟即将燃至尽头，他却毫无所觉。

自家老板，似乎看起来很寂寞。

「第九章」聚光灯和床头灯

所有聚光灯对准了林清昼。

咔嚓咔嚓拍照的声音不绝于耳。

林清昼不自觉地望向人群之后，虞桉就站在那里。他站得笔直，目光牢牢追随着她。他不笑的时候神情倨傲，看起来难以亲近，可在接触上她的目光后，他眼神稍稍回暖，嘴角也向上翘了翘。

于是，她那一点小小的紧张也烟消云散了。

她冲他轻轻点了下头——

放心，她可以的。

这年头，实在没有人会以开现场发布会这种形式澄清娱乐新闻。

网媒发达，有什么风吹草动立刻就能在社交平台展现出来。明星结婚又或者是黑料甩锤，发布一串文字、几张照片，便是一条新闻，“晚晚会加油”也是一直用微博发布自己的观点。

新闻发布会，虽然正式却老套而古板。

在场的媒体不少，包括那日围堵林清昼的不良记者，他率先开始发难：“林小姐是想通过镜头向‘晚晚会加油’道歉吗？”

在所有人的注视下，林清昼不卑不亢地答：“我没有抄袭。”

那个记者继续问：“林小姐是要给我们看证据吗？”

林清昼回应："我没有证据。"

在场不少人都笑了，那个记者也露出鄙夷的眼神："没有证据，那怎么让大家相信你没有抄袭？你要如何澄清？"

林清昼反问他："我想请问，您有仔细看过我的那幅刺绣吗？"

提问的记者支吾了一下："当然看过，不就是一幅普通的风景图吗？"

林清昼抓住了他话语中的漏洞："对，那只是一幅普普通通的风景图而已，我认为自己不是有艺术细胞的人，创作不出有新意的作品，与那幅《静默》类似的图比比皆是，图中都是很常见的元素，从何认定我是抄袭的呢？"

后面另有记者开口："两幅图很像。"

"像？就仅凭一个像字？可在我眼里，《静默》和《飘摇的人》是完全相反的两幅作品。我所刺绣的是顽强的菖蒲，是鲜艳的红鲤，是躲雨的蜻蜓，是完整的；'晚晚会加油'绘制的是残缺的荷，是黯淡的青鲤，是奄奄一息的蜻蜓，是破碎的。"

那记者显然不是个善茬："林小姐是在强词夺理吗？都说了是抄袭了，若是样样都一致，那就不是抄袭，而是模仿了吧？"

人群中，小朱捏紧了拳头，恨不能揍那个记者一拳。她着急地看了一眼旁边的虞桉，心中焦急，他为什么还不冲上去维护清昼姐？他不是在追求清昼姐吗？

虞桉眼眸沉寂，若有所思地望着那个记者，没有任何举动。

林清昼静了静，并没有在意那无良记者的挑衅，她心平气和地说："那幅名为《静默》的刺绣在去年被一位长住英国的华裔买走了，他说他在刺绣里看到了自己的影子。”

她不再管那名记者，而是喊了面前另一位女记者起来：“请问，看到这两幅图，除开场景类似外，你的内心感受是什么？”

被点到名的女记者盯着林清昼身后摆放的对比图思考了一阵，答：“《静默》是鲜活的，充满希望的；《飘摇的心》是黯然失落的。”

无良记者冷嗤一声：“她是被你的话术误导了。”

林清昼没理他，真诚地对着摄像头说：“我的那幅刺绣画虽然名为《静默》，是寂静无声的意思，实际却绣出了一幅嘈杂而热闹的场景，以极动衬极静。好几年前我遭遇变故，一度一蹶不振，好在碰到了我的师傅李若戈先生，她教会我刺绣这门手艺，还教会我为人处世的道理，我在她的帮助下逐渐振作，并受到外界肯定。我深知这一切得来不易，所以希望自己如画中的菖蒲一般不惧风雨，在任何情况下都能坚持本心，保持清醒，时刻自省，《静默》便是我那时的所思所想。如果那位晚晚小姐讲述的是‘飘摇的心’，讲述了被风雨挫折击垮后不安迷茫的心境，那我讲述的，便是‘坚韧的心’。”

林清昼说：“能和‘晚晚会加油’以同样的景物喻示心境，实在很巧。如果可以的话，我很愿意和这位‘晚晚会加油’交个朋友。”

记者依然死咬着不松口：“这依然不能证明你没有抄袭那幅《飘摇的心》。”

林清昼叹息，言尽于此。

她想解释的话已经说完，清者自清，相信她的自然会相信她，剩下的，时间会给出答案。

现场响起一个声音：“林清昼没有抄袭。”

虞桉跨步上了台，他根本不在意众人惊讶的目光，径直说：“林清昼创作《静默》的时候，跟随师傅李若戈满世界跑，传播刺绣文化，一直到当年年底才回国，一回国就用这幅作品参加了工艺美术大师比赛。李若戈师傅的行踪，网络上都有记录可查。”

虞桉的目光落定在那个记者身上，他弯唇冷笑，姿态从容得仿佛他才是掌控全场的那一个：“《静默》的发表时间仅仅比《飘摇的心》晚三个月，暂且不说林清昼如何‘恰巧’看到《飘摇的心》这幅作品，然后在此基础上稍作修改，定稿，最后在三个月之内，百忙之中完成这幅满绣作品——据我所知，截至去年年底，《飘摇的心》点击率一直没有突破两位数。”

虞桉微微一笑：“虽然最近点击率猛增，但想查到之前的数据，并不难。”

面前的不良记者果然说不出话来了，虞桉继续慢悠悠地抛出重要讯息：“还有一点很有意思，‘晚晚会加油’发表作品的网站在国外根本无法正常访问。

“所以，林清昼没有任何机会看到这幅画。”

虞桉根本不给众人喘息的机会：“另外，据我所知，那位‘晚晚会加油’自从看到林清昼的《静默》获奖后，她的绘画风格一直有意无意地朝林清昼的刺绣风格上靠拢。林清昼去年绣了一幅汉服少女人物画像，‘晚晚会加油’恰好也画了一幅人物像，都是绿色长裙白色花簪，在我看来，两幅作品颇为相似……如果不是抄袭，那肯定是巧合吧？”

全场静寂。

林清昼说不出话来。

她怔怔看着虞桉的背影，只觉震撼又感动。

原来，被相信被维护的感觉是这样的……他是什么时候调查的这些？他没有一开始就甩出证据，而是全然放手，让她去做她想做的，说她想说的。

直到最后时刻他才站出来，给他们最后一击。

人群之后，忽然传出一阵笑声，有人边鼓掌边上前：“很精彩。”

她的高跟鞋与地板碰撞的声音清晰地落入每个人的耳朵里，每一步都无比沉稳。

她微抬着下巴，笑吟吟地望向林清昼：“我相信林小姐是清白的。”

听到熟悉的声音，林清昼尚还不敢完全相信，直到看清她的脸。

林清昼脸色变了，周围记者接二连三的提问她已经完全听不进去了，周遭色彩迅速变得灰暗。

虞桉也皱紧了眉头：“姐？你怎么回来了？”

她是林清昼见过的最美最高贵的女人。

她完美无缺，她天生就光彩夺目。她极度冷静极度清醒，任何情绪化的词汇都与她无关，她取得的成就和她的样貌一样值得称赞。

更令人称奇的是，作为一个成功的女企业家，她身上一点花边新闻都没有。

她让所有人都黯然失色，她是林清昼最不愿碰到的人，也是林清昼最深的噩梦。

当初正是这个女人，带着怜悯的笑容跟她说：“小姑娘，你真以为世上所有有情人都能终为眷属吗？我很好奇，你有什么资本和我弟弟站在一起？”

她看林清昼，仿佛是在看一粒微不足道的尘埃：“你不会觉得……你们不般配吗？”

她循循教导林清昼：“丑小鸭变白天鹅只是个童话罢了，灰姑娘永远只是灰姑娘，她和王子是两个世界的人，你明白的吧？”

她温柔地牵住林清昼的手，将一个冰冷的信封搁在林清昼的手心：“知道你很困难，所以这笔钱你拿好，答应姐姐……你知道姐姐想要什么，对吗？”

她残忍地撕破了虞桉为林清昼塑造的一切美好，逼林清昼看清这个冷酷无情的世界。

她是虞氏的主心骨，她是虞桉最亲的人，她是当年导致他们无疾而终的始作俑者。

她见过林清昼最狼狈的一面。

虞杉。

新闻发布会落入尾声，林清昼得以洗清，她不仅没有抄袭，反而是被抄袭的受害者。

后台，虞杉冲虞桉微笑："刚回来不久，很遗憾没能赶上你的订婚宴。"

虞桉对这个姐姐的态度并不是很好，冷淡道："订婚已经取消了。"

虞杉对这句话置若罔闻，只是笑着："放心，姐姐已经回来了，一切都交给姐姐就好。"

虞桉眉梢微动，不耐烦地看着眼前这个从小到大就喜欢控制他的姐姐："你不是应该守在洛杉矶的酒店里吗？爸妈把重头产业交给你，你就这么回来了？"

虞杉仍在笑："不想看到姐姐吗？可姐姐很想你，你的终身大事，姐姐当然应该在场的，前段时间工作太忙给耽搁了……还好现在不算晚。"

虞杉眼睛移开，转头认真打量着林清昼。

八年不见，本以为林清昼会跌入尘埃，此生再不会相见，没想到，她是棵倔强的藤蔓，越爬越高，又再度攀附了上来。

虞桉心中一冷，但看林清昼面无表情，又笑起来，还主动拉住了林清昼的手："清昼，好久不见，你很棒，让我很惊喜。"

林清昼不动声色地把手抽了出来："您太客气了。"

看出林清昼的排斥，虞杉漂亮的眼睛弯成了月牙状，她索性张开手臂给了林清昼一个大大的拥抱："看到你能取得如今这样的成就，我真的很高兴。"

她明明是成熟美艳的类型，却总喜欢显得自己亲和优雅又大方，这让林清昼不寒而栗。

林清昼开始不适，她不打算再掩饰，也笑了笑："我还以为您更愿意看到我流落街头呢？"

林清昼直白的话让虞杉讶异了一秒，她松开这个怀抱，若有所思地笑：“许久不见，清昼你越来越会开玩笑了。”

“这样吧。”

虞杉微微偏头，自作主张的样子和虞桉一模一样：“不如今晚来我家吃饭吧。”

林清昼一怔。

虞桉再度皱紧了眉头：“虞杉，你想做什么？”

虞杉面上仍在笑：“怎么了？在外人面前怎么跟姐姐说话呢？怎么可以直呼其名？这么久没见了，我不能邀请我的好朋友去我们家吃饭吗？你也一块来，我们聚一聚……你老实说说看，你多久没和爸妈坐在一起吃过饭了？前段时间你擅作主张取消与夏氏的婚约，还没有跟爸妈道歉吧？真是的，这么大人了，还要姐姐给你善后。”

被称作“外人”的林清昼已经收拾好了东西，她不想再继续和虞杉共处一室：“还是不必了，我还有事，你们一家人团聚就好了，我就不打扰了。”

说着，她率先走了出去。

虞桉的目光落定在林清昼背影上，好不容易拉近的距离再度恢复成原样，她又成了那副冷淡疏离的样子。

看林清昼离去，虞杉心里不以为意，口头上却惋惜不已：“唉，看来清昼没把我当朋友呢。”

虞桉觉得可笑至极：“朋友？”

虞杉咯咯笑出声，笑意却未及眼底："不是朋友吗？正因为当清昼是朋友，当年我才会给她二十万呀？这件事你不是知情的吗？不是朋友，难道是仇人不成？"

虞桉抿了抿唇，抬步准备往外走："虞杉，别太过分。"

"刚刚就跟你说过了，怎么跟姐姐说话呢？越来越没礼貌了，再这样，姐姐要生气了。"

虞杉一把挽住弟弟的胳膊，不让他追出去："走吧，我们回家吧，我已经跟爸妈打过招呼了，他们一定准备了一桌子的菜。你放心，有我在，我肯定不会让爸妈责怪你的，你呀，说几句好听的话，他们肯定——"

虞桉脚步停住，睨她一眼，哂笑："虞杉，你知道的，我不会跟你回去，从小我就是一个人住，他们从来没管过我，那里不是我家。"

虞杉眼神微动，漂亮的红唇习惯性上翘："你这样，会让姐姐伤心的。"

虞桉甩开她的手："别装了，这里没别人。"

虞杉完美的笑容僵了一瞬。

虞桉望定那张与他有五分相似的面孔，只觉冰冷。他一直知道虞杉手腕惊人，她个性强势，想要什么就一定会得到，不论用什么手段，甚至可以不顾亲情。

他却还是无法相信，她当年会误导自己，以至于让现在的他追悔莫及，他冷淡地开口："虞杉，我知道你为什么回来，也知道你当年做了什么——"

虞杉脸上那抹笑变得讪诮："哦？我做什么了？你误会了吧？我只是做了我该做的事情。"

"可是虞杉，这次你慢了一步，婚约已经取消了，夏长悠和我一点可能也没有。”

虞桉一字一顿：“而且，我和林清昼已经同居了。”

虞杉笑容全无。

林清昼完全没有和虞桉同居的自觉，她觉得自己只是暂时寄人篱下而已。

在风波平息后，她本想立即搬回去的。之所以没有立即搬走，是因为她的卧室被她的无赖助理给占据了——

小朱哭着喊着在她面前只差撒泼打滚了，她说自己的房子到期了，而且工资月月光，租房的钱都没有了，饭都快要吃不起了。看林清昼的房间暂时没人住，所以一时情急，一时冲动，一时鬼迷心窍。

林清昼不为所动，根本不信小朱的说辞，还跟她说自己可以借钱给她。

小朱却可怜巴巴地说，爸妈要是知道她借钱，肯定会把她的腿打断。林清昼让她不要告诉她的父母，小朱又言之凿凿，自己是个诚实的好孩子，在爸妈面前根本藏不住话。

总不能真把小朱赶出去，让她流落街头，林清昼于心不忍，还是答应了。

再不答应她，不知道她还会找什么古怪离奇的理由出来。

林清昼催小朱尽快出去找房子，还劝她省着点花钱，不要给自己买一堆花里胡哨却毫不实用的衣服配饰。

小朱满口答应，可一直不见行动。

林清昼很怀疑小朱是不是被某个人给收买了，只是苦于找不到证据。

但不得不承认的是，不再住在工作室日夜颠倒地埋头工作，她的作息规律了很多。

偌大的公寓只有林清昼一个人住。

在她住进来之前，除了书房，整个屋子宛如一个样板房，没有人的气息。

虞桉说他很少会回来，的确也是这样的，直到住进他家，她才发觉，虞桉真的很忙。他每天大部分时间待在研究所里，偶尔回来一次，也会带着一大摞她看不懂的天文资料，然后待在书房里。再加上最近拂风大学开学，一周两次课，他更加忙碌。

林清昼在刚刚搬进来的时候，去他的书房参观过，书柜里摆着各种全英文的专业书籍和各类奖杯。

渐渐地，林清昼卸下防备，自如地住了下来。

所以在她洗完澡后披着浴巾毫无防备地走出浴室，却骤然看到在客厅看电视的虞桉时，她怔住了——

“你怎么在这里？”

她根本没有听到开门的声音。

这个问题令虞桉觉得好笑，他将手搭在沙发靠背上，转头：“这是我家。”

“我知道，你不是说——”

虞桉对答如流：“今天休息。”

林清昼很快从惊诧中回神，就势与他商讨正事：“对了，那天那个记者，我怀疑他……”

虞桉明白她在想什么：“我查过，那人根本就不是记者。”

他和她目光一对：“邀请的媒体名单里根本就没有他的名字。”

林清昼也懂虞桉的意思，那人是被刻意安排进来的，就为了让她难堪。

他们都绝口不提那人是谁，但彼此心知肚明。

林清昼继续说：“还有，那个‘晚晚会加油’私信我了。”

虞桉没有接话，他的目光倏地下滑。她光洁白皙的肩头裸露在空气中，湿答答盘起的头发偶尔落一滴水珠在肩头，顺着肌肤滑向锁骨深处。多年不见，她早已不是当年青涩的少女，而是出落得凹凸有致，再配上她浑然不觉的神情，说不出的风情万种。

虞桉顿了顿，然后移开视线，他眼底浮现出很淡的笑意：“你确定……要穿成这样跟我说话？我倒是不介意。”

发觉自己仅仅披着浴巾，林清昼脸上唰地一红，表情却镇定自若：“我先去穿衣服……”

虞桉漫无目的地换台，之前感兴趣的体育频道怎么也看不下去了。可能是屋内开了暖气，心中平添一股燥热，他索性伸手扯松了领带。

再度走出房间时，林清昼换上了家居服，还在外头裹了一件外套。

她在虞桉斜对面的小沙发上坐下，她拢紧了衣服，总觉得尴尬不太自在，尤其在接触了虞桉幽深的眼神后。

她索性回归正题：“‘晚晚会加油’私信我，跟我道了歉，说她是收了一笔钱，鬼使神差才这么做，希望我原谅她。”

虞桉有些心不在焉，目光凝固在电视屏幕上：“你怎么回她的？”

“我说学艺先学德，以后不要再干这种事情了。”

虞桉一挑眉，似乎不满她温暾的处理方式：“就这样？”

林清昼说：“难道我真起诉她抄袭吗？人家是个小姑娘，没有必要那么咄咄逼人，她以后还要在社会上立足的。”

虞桉轻嗤一声，不耐烦地皱了皱眉：“你不对她咄咄逼人，她先前却对你咄咄逼人，你设身处地替她考虑，她却没有设身处地替你考虑。”

林清昼摇摇头，不是她不想计较，而是太过计较，别人不好受，自己也不好受：“算了，都过去了。”

虞桉忽然转眸望定她，反问：“那我们呢？”

那些横亘在我们之间的痛苦和执念，是否也能一笑置之？

林清昼神色冷了冷。

那是一根刺，埋在她的身体里，她即便视而不见也无法忽视那股隐痛。

虞桉不再追问，兀自一笑：“时间不早了，早点睡。”

林清昼迟疑了一下：“今晚你在家里睡？”

“家里”这个词，过于暧昧。

话一出口，见对面的虞桉似笑非笑，林清昼又补充：“我是说，你在你的房间睡？”

虞桉笑了笑，眸中带着戏谑：“我不在我房间睡，那应该在哪里睡？”

林清昼不接他的话茬，急匆匆回了房：“那我先回房间了。”

次日清晨，林清昼起床时，虞桉早已经出门了。

他在餐桌上给她留了包子和粥。

不必一大早就和虞桉面对面，林清昼隐隐松了一口气。她简单喝了两口粥，便像往常那样，搭乘地铁急匆匆去往白昼工作室。

她刚拿起绣针，腹中便一阵绞痛，本以为是生理期到了，忍一忍就过去了，没想到一整个上午都疼痛难忍，痛到眼冒金星根本无法专心刺绣。

林清昼实在没办法，只好把小朱喊了进来，小朱一进来就被眼前看到的情景吓到了，林清昼脸色煞白，额头冒着虚汗。

小朱紧急将林清昼送去了医院，医生告诉她，是因为长期饮食不规律导致的胃病。

提着一大袋子药回了工作室，小朱还在说个不停："看吧，我说过多少次让你按时吃饭，你不听，还老把辣条当饭吃，现在知道后果了吧？"

林清昼无奈地应："知道了，知道了。"

小朱："这叫什么？这叫'不是不报时候未到'。"

林清昼捂住额头："这句话是这么乱用的吗？"

这件事很快被虞桉知道了，想都不用想就知道是小朱告的密。

电话那头，虞桉的语气很平静："你今天吃早餐了吗？"

林清昼从这股平静中感受到了他压抑的冷冽怒意，她有些心虚，没敢正面回答："我喝了粥。"

虞桉是做科研工作的，用词很严谨："'喝了'是喝光了，还是只尝了尝？"

林清昼辩驳："我喝了好几口。"

虞桉轻笑："你还有理了？"

这熟稔的口气，怎么听怎么熟悉。

林清昼："……"

手头上一大堆研究资料没有完成，虞桉长话短说："下了班我来接你。"

"不用……"

虞桉已经挂断了电话。

"现在好了，有人管着你了。"小朱冲林清昼挤眉弄眼，"那我也就放心了。"

林清昼瞪她一眼，说话却有气无力的："话这么多，还不出去工作？"

小朱吐吐舌头："我这就去，清昼姐你好好休息，安安静静地等虞先生来接你。"

刚知道虞桉在追求林清昼时，小朱不是不惊讶。

林清昼尚还觉得这样不太合适，小朱已经很快想通了："难怪虞先生会专门找你定制龙凤褂，花了这么大一笔钱，我还以为他人傻钱多……原来是醉翁之意不在酒呀。"

小朱不仅自己转变了态度，甚至还劝她："虞先生说得没毛病呀，他和夏小姐本来就没感情，既然现在订婚宴已经取消，他当然可以追求你。

"清昼姐，虞先生应该也喜欢他吧？我看得出来，你看他的眼神，分明就是对他有意……那你到底在纠结什么啊？"

林清昼怔住。

自己到底在纠结什么啊？

她沉溺在过去的痛苦里，在她心里，对错黑白过于分明。

在高三学习的紧要关头与虞桉牵扯不清是错，间接使爷爷在自己人生最灰暗的时刻郁郁而终也是错。

她不肯放过虞桉，也不肯放过自己。

虞桉不仅担负起了接送林清昼上下班的职责，还负责督促她吃早中晚饭。

早上的时候，他会提前准备好早餐，替她热好。

一到中午他就会给她打来电话："我在楼下。"

林清昼看一眼手头上的半成品，不太愿意起身："我不饿。"

虞桉很坚持："现在是饭点，之前医生是怎么跟你说的？"

于是她只好妥协。

他们之间好像又恢复了高中时的状态。

他半强迫，而她半推半就，她一直是被动的那一个。

下午下了班，他又准时来接她。

他本来就要在研究所和拂风大学之间两头跑，很不容易。

林清昼心中过意不去："不必这么麻烦的，我可以自己坐地铁回去，只有两站而已。"

"自己坐地铁？上次是谁忙到忘了时间，要不是我打电话问，差点错过最后一趟地铁？"

林清昼："那是偶然事件……"

虞桉好整以暇地看着她："林清昼，我说过我要追你，这只是我追求你的手段之一而已，我甘之如饴。"

他一眼就能看穿她在担忧什么，挑唇一笑："所以你不必有负担。"

林清昼："……"

她更有负担了。

吃过晚饭后，送林清昼回了住处，虞桉并没有离开的意思，他先去了一趟厨房，确认他买来的早餐她已经吃得一干二净。

虞桉接连几天都回来住，林清昼终于忍不住开口问他："你最近天天都回来住，工作不忙吗？"

"忙。"

虞桉睨她一眼，所以他现在立刻要去书房。

"那你……"

虞桉回复得理所当然："研究所安排的住处我睡不惯。"

林清昼在心中腹诽，前段时间不是睡得挺好的吗？

但同时她心里也明白，他是放心不下她。

已经夜晚十一点了。

林清昼翻来覆去怎么也睡不着，明明已经吃过药了，可疼痛却没有缓解，不过几分钟，她便冷汗涔涔，整个人蜷缩成一团。

她思绪逐渐变得模糊，疼痛感麻痹了她的神经，她陷入一阵虚空的空间里，直到一阵轻微的敲门声响起。

书房和虞桉的卧房在一楼，她住二楼，他们平时互不干扰。可虞桉却上了楼，在她门口停了停："林清昼。"

林清昼没回话，往被子深处缩了缩，不想让虞桉发现自己的窘状。

见她没应声，虞桉静了两秒，径直用钥匙打开门走了进来。

勉强睁开眼睛，望着门口的光亮处，林清昼错愕不已："我不是锁了门吗？"

似乎意外她没睡着，虞桉脚步一顿，扬了扬手里一串钥匙，回答得理直气壮："我说过了，这是我家。"

林清昼气恼："你就不怕……万一我在换衣服怎么办？"

虞桉反问："万一你疼昏过去怎么办？"

"那……万一我有裸睡的习惯呢？"

虞桉说："据我所知，你没有这个习惯，而且睡姿也很老实。"

林清昼睁大眼睛不敢置信："你怎么知道……等等，你不会每天晚上都……"

虞桉微一抬眉，答得坦荡自然："只是最近。"

他必须确认她是否呼吸正常，是否老老实实盖着被子没有着凉，他才肯安心。

林清昼一时无言以对，只觉被他无赖的行径气得疼痛加剧了。

虞桉走到她身边，"啪"的一声打开了床头灯。

他微蹙眉头打量她的神色："又开始痛了？"

林清昼犹豫了一会儿，不再掩饰，轻轻点头："没关系，已经好多了。"

虞桉一抿嘴唇，转身走了出去，等了片刻，他拿了一个灰色的热水袋进来，他把热水袋塞进了被子里，嘱咐她："你抱着热水袋，会好受很多——"

他话语一停。

拿着热水袋的手甫一伸进去，手指便从她半屈着的光洁赤裸的小腿肌肤上划过，触感柔软度惊人。

顿了顿，他把热水袋塞到林清昼怀里，然后把手抽了出来，镇定自若地替她掖了掖被子。

林清昼也愣住了，没料到他突然的动作，她根本毫无防备。不知道是不是热水袋的作用，只觉得被他手指触碰过的地方升腾起一股火苗，令她情不自禁口干舌燥，呼吸也变得急促。

沉默了半秒，怕他误会，她慌慌张张地解释："我穿了衣服的……就，就是睡着睡着裙子不小心卷上去了……"

越解释气氛越不对劲。

等等……明明他才是莫名其妙的那一个，为什么是她在解释？

虞桉眼眸微暗，倏地低笑："我知道。"

就着昏黄的床头灯，虞桉仔细打量林清昼的神情，她脸上似乎浮现出一阵不自然的红，他于是笑容更深："还痛吗？"

不怪她多想，这句话放在这个时候问，令气氛更加微妙。

她答"痛"或"不痛"好像都不太合适。

周遭温度开始上升，而他眸光明暗不定。

林清昼抱紧热水袋翻了个身，回避虞桉的眼神："我……我要睡了。"

然后双手一抬，把自己整个蒙进了被子里，也许是她这副样子实在太缩头乌龟，虞桉扑哧笑出声。

他好心好意地把被子往下拉了拉，直到露出她的脸："你是真不怕把自己憋死。"

不再逗她，虞桉一本正经地说：“睡不着？不如我念故事给你听？”

林清昼动了动：“什么故事？”

虞桉打开抽屉，从里头拿出一本泛黄的童话书来，书页已经被他翻旧：“嗯，很久以前买的童话书。”

林清昼忍不住好奇：“你怎么会买童话书？”

虞桉答得漫不经心：“因为想给某个人念睡前故事。”

听到这个意料之外的答案，林清昼心中蓦地一动。

她忽然想起高三第一次模拟考之前，她太过紧张，怎么也睡不着，手肘无意中按到手机，给他发了一条短信，是一个哭泣的表情。

她从来没有告诉过虞桉，她很早之前就把他的号码设置成了手机联络人里的第一位。

虞桉很快给林清昼回了消息：“睡不着？”

“嗯……你怎么也没睡？”

“因为某个人把我吵醒了。”

“对不起。”

“为什么睡不着？”

“怕考试考砸。”

……

你一句我一句，不知疲倦地发了无数条短信，最后的最后，聊天内容越扯越远，虞桉发来一句：“这样好了，以后你要是睡不着，我就念故事给你听。”

她看着这条短信怔了好久，迟迟没回复他。她想，他要怎样给她念故事呢？是打电话给她念，还是面对面看着她的眼睛给她念呢？

……

直到这时她才明白，他对她承诺过的所有话语，从未忘记过。

不知是热水袋的奇效，还是那童话故事太有魔力，又或者是他的嗓音令她情不自禁就放松，胃痛的感觉逐渐消散，睡意袭来。

林清昼即便睡着，眉头也是皱着的。

虞桉合上童话书，关了床头灯，单手支颐看了她一会儿，忽然俯身亲了亲她的眉心，像是要把那道褶皱吻平。

或许连林清昼自己都没有意识到，她在一点一点对虞桉卸下心防，就像当年那样。

她是别扭的，她心存芥蒂，她逼迫自己一刻不停地向前走，怕一停下来就会陷入自责的情绪里。

她自责，他亦自责；她在折磨自己，他又何尝不是？

他不想催她，他们之间的裂痕因时间而起，也只能靠时间来弥补。

往后余生，他最不缺的就是与她相处的时间。

所以他会比当年更努力，努力让她再度敞开心扉，努力让她接纳自己，努力让她心甘情愿地投入他的怀抱。

半梦半醒间，林清昼轻轻开口：“虞桉……”

虞桉回过神来：“嗯？”

他再度替她掖了掖被子，话语是他自己都察觉不到的温柔：“怎么了？还是不舒服吗？”

“我不……”

林清昼的音量过小，虞桉必须离得很近才能听清楚——

她好像在很轻地叹息：“我不怪你了……”

这么多年以来，她不可抑止地恨虞桉，亦无药可救地爱他。

两者并不矛盾，矛盾的是她自以为是地认为这世间只能存在一种情感，却忽视了，人类的感情是复杂的、难以捉摸的，没有纯粹的对和错，黑与白，爱或恨。

在这一刻，她愿意跟自己和解。

说完这句话，她心神松懈，终于沉沉进入梦乡。

虞桉却怔住了。

半晌，他都一动不动，仿若一具雕塑。

即便他一直确定林清昼的心与自己一样，一直心系着对方，却还是会忐忑，时光已经让他们渐行渐远。

现在却听她亲口确认了，在经历了种种之后，她依然是那个善良柔软的林清昼。

她愿意尝试着向他迈出小小的一步。

他何其幸运。

情至于此，虞桉心中情绪激荡，再也无法掩饰自己。

他再度俯身，这次他准确地寻到了她的唇，轻轻覆了上去。

「第十章」真心和假意

骆昭然沉默了好几天，电话一律不接。

他把自己关在房间里，不是抽烟喝酒就是打游戏睡觉。

在这段时间里，他莫名其妙回忆起了以前一些根本不在乎的细节。

比如他十五岁那年，他第一次见到那个穿着纯白纱裙的小女孩，她和另外一个穿着绿裙子的女孩在荡秋天。她负责推那个女孩负责荡，欢声笑语吸引了他的注意。

那个绿裙子女孩子看到骆昭然和几个年纪相仿的男孩子走过来，一时紧张，荡的力气过大，一下子撞到了身后的白纱裙女孩身上，她一个趔趄摔倒在地，膝盖狠狠磕在了草地上。那个绿裙子女孩子愣了愣，就势从秋千上滚落下来，趁白纱裙女孩还没回过神来，放声哭了起来。

其实他早就注意到这场宴会上，白纱裙女孩一直在偷偷看他，遂走到她跟前朝她伸出手，绅士又礼貌地问："你没事吧？"

明明眼眶都红了，可她却没有搭上他的手，而是犹豫了一下，指了指那个绿裙子女孩，怯声怯气地说："我没事……你去扶她吧，她好像摔得比我严重多了。"

他自幼早熟，对女孩子之间的小心机很清楚，爱哭的小孩有糖吃，他明白那个绿裙子女孩根本没怎么受伤，只是不想她一个人吸引全部注意力。

听她这么说，他心中愣怔，却笑吟吟地依言扶起了绿裙子女孩，他故意对那个绿裙子女孩温声细语关怀备至。他余光扫了她一眼，她踉踉跄跄一个人站了起来，她似乎有些失落，但眉眼依然清澈。

当时他只觉得那个不懂争取的她，看起来很傻。

地上那么多小石子，她一定很疼。

后来他才知道，她是夏氏的掌上明珠，那场宴会，他的家人有意想让他们俩熟稔起来，这种出于利益的刻意安排令他不爽。

比如十八岁那年，他所就读的拂风市一中举办毕业典礼，典礼结束后，他们几个关系不错的男生女生约着一块去 KTV 唱歌，其中一个女生约了当时低他两个年级的夏长悠。

他们几个男生玩真心话大冒险玩得很大，输掉的人要向在场的一个女生索吻。他输掉后，身旁好几个女生主动说愿意陪他接受惩罚，他却径直走向了一直默默坐在包厢角落里听歌的夏长悠。

他想当着众人的面，特意让她难堪，但一看到她单纯的眼睛，向来什么好听的话都信手拈来的他，忽然什么也说不出口了。在众人的嬉笑起哄中，他鬼使神差地说自己喜欢她。可她胆子太小，就像一只惊慌失措的兔子，吓得跑出了包厢。

她跑开后反倒让他回过神来，连他自己也不知道，那句表白几分真几分假。

又比如几个月前听到了虞氏和夏氏要联姻的消息后，他约了一大群朋友通宵蹦迪，还对舞池里跳得最风情万种的那个脱衣舞娘豪掷千金。

所有人都认为，骆少不喜欢单纯羞涩的小白兔，只喜欢成熟主动型美人。

后来在某次商业酒会上，虞桉和夏长悠携手而来，他们看起来无比般配。于是他主动走到她跟前，笑着对她说：“原来你就是虞桉未过门的小媳妇。”

原来……他为什么要用原来这个词？

难道，他已经关注她很久了？难道，他一直在潜意识地排斥这种奇怪的感觉，所以对那些与她完全相反类型的女人来者不拒？

他最近的喜怒哀乐……似乎都和夏长悠有关。

舞厅里的光斑五光十色，轻柔的音乐缓缓流淌。骆昭然一手拥着一个美人，左边的美人将烟递到他唇边，右边的美人递酒到他眼前。

沙发上坐满了年纪相仿的年轻人，他们打牌的打牌，喝酒的喝酒，跳舞的跳舞，好一派奢靡景象。

小樊推开门走了进来，他一眼就瞧见坐在人群中央的自家老板：“小骆总，借一步说话。”

也许是酒精的作用，骆昭然眼眸迷离：“什么？”

小樊顿了两秒：“和夏长悠小姐有关。”

骆昭然吐出一口烟圈，目光在他身上一停："没关系，你说，她们不是外人。"

身边两个美人咯咯直笑，更紧地往骆昭然身上贴了贴。

小樊顿了两秒："夏长悠小姐独自一人出现在妇产医院门口，被狗仔发现了。"

自虞氏、夏氏两家的订婚宴取消后，那帮狗仔便盯住了他们，有意挖出拂风市两大豪门之间的秘闻。在此期间，他们拍到过不少虞桉和林清昼同行的照片，可每次都是还没来得及发布便被买断了。

好在，目前并没有人发觉，骆氏企业的骆昭然也深陷其中。

这年头，最受公众关注的，一是明星私生活，二就是金字塔顶尖的有钱人之间的情感纠葛了。

闻言，骆昭然面不改色，甚至还笑着亲了亲怀里的美人："哦？她终于想通要去把孩子打掉了？"

小樊站得笔直，一字一顿："夏长悠小姐在狗仔面前承认自己已经怀孕，还说……孩子是虞桉的。"

"啪！"旁边美人手中的酒杯被碰倒，不小心砸碎在地。

骆昭然挥挥手，索性让她们两个下去。

夏长悠重新靠上了虞桉这棵大树，以后不会再与他纠缠不清。这一幕分明就是他想要看到的，他的心却霎时间变得冰凉。

虞桉和林清昼也在同一时间知道了这个消息。

从震惊到冷静，林清昼缩在沙发上，打开笔记本一条一条地浏览新闻，她皱紧眉头：“长悠不是这样的人。”

虞桉刚挂了电话，他眉目淡漠：“是虞杉的手笔。”

夏长悠亲口承认自己怀了虞桉的孩子，之前之所以没有出席订婚宴，是因为还没做好即将为人妻为人母的心理准备，理由虽然牵强，但不是没可能。

立刻就有记者去四时晨昏酒店蹲守，想要拿到第一手采访。没想到虞杉率先在公众平台公开承诺，虞氏会对夏长悠负责，订婚宴并未取消，会择期重新举行。她还笑着说，迫不及待看到自己的小侄子或小侄女出生了。

虞桉在林清昼身旁坐下，把虞杉的那一小段公开承诺找出来给林清昼看。

视频里，虞杉脸上一直挂着和煦如春风的微笑，声音也柔柔的，眼神却寡淡无情，和林清昼印象中的人一模一样。

林清昼心一沉，她很清楚，虞杉这是在给虞桉施压。

虞杉敢笃定，虞桉不会罔顾夏长悠的名声，否认孩子是他的。

静默良久，林清昼抬眸认真地注视着他：“我想去找长悠，和她聊一聊。”

虞桉微一挑眉，丝毫没有被虞杉的行动困扰到，他将桌上温度合适的牛奶递给林清昼：“需要我陪你吗？”

林清昼接过牛奶：“我又不是小孩子了，你过去了她反倒会不自在，你就别来打扰我们了。”

说去就去，林清昼想了想：“我让小朱把工作重新排一下时间，我明天就去看望她。”

“嗯。”

虞桉心不在焉地听着，看林清昼乖乖把牛奶喝完，他接过杯子的同时，就势勾住她的手指，轻轻一拉，她便与他十指相缠。

林清昼眼睫微微一颤，却没有立即把手抽出来。

虞桉把玩着她的手指，漫不经心地和她说话：“去的时候小心一点，我姐肯定已经知道夏长悠的住所了，估计不会让你轻易见到她。”

他一顿：“是我考虑不周，虞氏内部想要查我名下的房产是十分容易的事。”

林清昼的注意力全在他与她相牵的手指上，他的手指像一根羽毛，挠得她又痒又舒服。

见她一直没说话，虞桉抬眼睨她：“怎么了？”

林清昼回过神来，尴尬地整理了一下神色：“嗯……我在想……夏长悠是个大活人，而且愿意和虞杉合作，虞杉总不能不顾她的意愿将她关起来，就算长悠没意见，长悠的父母也不会允许的。”

虞桉认同她的说法：“也是，虞杉骨子里是个很骄傲的人，应该不会把你放在心上。”

林清昼心中小小不满，说话带了点赌气的性质：“我也没把虞桉放在心上。”

虞桉笑出声：“的确不用把她放心上，你把我放心上就行了。”

林清昼觉得虞桉开始逐渐恢复成八年前那副厚脸皮的样子了，虽然忍不住感慨，但她一如既往地难以招架。

林清昼试图抽出手来，一律按逃避法处理："那什么，我有点困了。"

"嗯。"虞桉没有立即松手，反而把她的手拉到唇边，吻了吻她的手背，然后才松开，"晚安。"

他想做什么便做了，他听从自己的心。

他温热的唇与她相触，那股酥酥麻麻的感觉顺着手背一路蔓延到林清昼全身。林清昼立刻便回想起那天晚上，他亲了她，而且不止一次……

林清昼更加觉得不自在，唰地站起来，只觉得再待下去，全身都要冒烟了。

她装作若无其事地清了清嗓子，准备上楼："那我先回房间了，你也早点睡。"

虞桉望着她的背影，满眼戏谑的笑意："记得梦到我。"

刚将下午的时间腾出来，看望夏长悠的这个计划就暂时推迟了。

当虞杉的助理给林清昼打来电话约她单独见面时，她不是不惊讶。但她很快就调整好了心态，答应了这场见面。

结束和虞杉助理的通话后，林清昼握着手机发了会儿呆，然后拨通虞桉的号码，把这件事告诉了他。

这次，她不想瞒他，她想要尝试着依赖他。

虞桉思忖了一会儿："你想和虞桉见面吗？如果不想见的话，我帮你推掉。"

林清昼坚定地摇头，想到他看不到，便答："没必要躲着不见面，我和她之间的债早已经还清了，我不欠她什么。"

虞桉并未阻止她，答复得很果断："那好，要是聊天过程中她欺负你，你第一时间告诉我。"

林清昼心中一软："好，谢谢你。"

那头，虞桉低笑一声，他的视线又情不自禁落在了办公桌上的毕业照上："林清昼，还要我说多少次？不用跟我这么客气，作为一个被追求者，你只需要接受就好了。如果你非要感谢我，不如——"

生怕虞桉又说出什么让她不自在的话，林清昼快速打断他："不如我请你吃饭吧？"

虞桉一怔，然后笑起来："请我吃饭？时间？地点？请我下馆子，还是你亲手做？"

听懂他的意思，林清昼成功地坑了自己一把："我亲手做，不过要等有空的时候。"

虞桉得寸进尺："我这个人口味很挑剔。"

林清昼硬着头皮说："一定做到让您满意为止。"

"那我等着。"

四时晨昏酒店。

林清昼顺着服务员的指引搭乘私人电梯上到了顶层，虞杉的办公室在走廊尽头的那个房间，一回到拂风市她就马不停蹄地回归到工作之中。

虞杉其人虽然看起来柔弱美丽，但行事风格处事手段果断独到。她得到的一切全靠自己的双手争取，绝不依靠任何男人。

她是业内知名女企业家，也是虞氏的领头人。关于她的故事，林清昼多多少少听说过。她比虞桉长五岁，曾在十二年前有过一段失败的婚姻，男方名不见经传，那时候全家人都反对，可她却为之奋不顾身，最后那个帅气的穷小子傍上了更有钱的女人。自那以后，她一心拼事业，逐渐将虞氏做大做强，甚至现如今开始进攻海外市场。

四时晨昏酒店就是经她手一手建立的，在短短两年内迅速成为拂风市最负盛名的酒店。

如果说，打压林清昼，让林清昼认清自己的渺小是虞杉想做的第一件事。那么第二件事，就是恢复虞氏和夏氏的联姻。

她并不在乎那个孩子是不是虞桉的，她只是喜欢事事都做到完美。对她而言，虞桉和夏长悠的婚礼才是虞氏、夏氏开启常年稳固合作的完美钥匙，虞桉擅作主张让她的安排走偏，那么，她势必要让一切重新回到正轨。

助理将林清昼送到办公室门口便准备离开了。

林清昼喊住助理，不禁疑惑："我自己敲门进去吗？"

助理轻声道："虞总在忙，林小姐自便。"

林清昼轻轻敲了两下门，里头便传来一个清楚的女声："请进。"

推开半掩的门，映入林清昼眼帘的是一张硕大的办公桌，虞杉坐在电脑前，眼神都顾不上给她一个。她没化妆，看起来比往日疲惫，平日里梳得一丝不苟的头发此时也稍显凌乱，完全不是外人眼中那么无坚不摧，而是有种脆弱的美。

桌面上很乱，各种文件堆放得到处都是，旁边小茶几上还放着没吃完的速食外卖。房间很昏暗，不知道她已经忙碌多久了。

这幅景象和林清昼想象中完全不同，但又真实接地气。

不知过了多久，偌大的办公室只能听到敲击键盘的声音，虞杉似乎忘记了她的存在。

林清昼静悄悄地走到窗前，将窗帘拉开，让阳光倾泄而入。

骤然的光明似乎惊动了虞杉，她终于抬头，看清来人后，虞杉微微一怔，眼神里多了一丝歉疚："清昼，你什么时候来的？"

林清昼眼神微微一动："刚来。"

虞杉拢了一下头发："抱歉，刚刚结束视频会议，我一直在整理资料，没顾上招呼你，你坐。"

林清昼点点头，在小沙发上坐下，虞杉也随之在她对面坐下。

虞杉让先前的助理送了两杯咖啡进来。

等助理放下咖啡离开后，林清昼率先开口："虞小姐，我之所以过来，是想当面跟你说，我们之间已经两清了。"

虞杉低头细品手中咖啡，对林清昼的话置若罔闻，她垂眼微笑："清昼你要不要尝尝看？我让人费了很大功夫专门从牙买加蓝山顶级庄园带回来的，咖啡中的极品，口感很醇正……你应该没尝过吧？"

林清昼一顿，不卑不亢地说："不用了，我咖啡因不耐受，而且最近肠胃不好，喝不了咖啡。"

虞杉恍然大悟，她无奈地笑了笑："抱歉，我不知道，我让人给你换成牛奶……牛奶可以喝的吧？"

"不用麻烦了。"

林清昼依旧有礼有节："虞小姐，那二十万，连本带利，我几年前已经还给你了。”

虞杉将咖啡杯搁下，她笑了：“清昼，你误会了，我叫你来，只是想跟你聊聊天。”

林清昼安静地看着她，等她的下文。

虞杉软声细语和她说话：“清昼，我们之间只有钱可以谈吗？我承认，之前的确把你当作眼中钉，但现在，我是真心实意想为你考虑，你如果愿意的话，也可以像虞桉一样，叫我姐姐。”

林清昼的目光毫无波澜：“你有什么事情，直说就好了。”

虞杉唇畔带笑：“我认识几个不错的男青年，年纪与你相仿，都年轻有为，前途光明，和你样貌品行都很相配。你一直一个人，太辛苦了，一辈子太长，总得找个人陪陪你，为你分忧解难是不是？”

林清昼神情终于有了变化：“什么？”

她觉得意外又好笑：“虞小姐想帮我相亲？”

虞杉拉住林清昼的手，热忱的笑容不变：“相亲倒算不上，能不能成要看你们自己的意思，我只是不忍心看你孤苦伶仃一个人，想介绍你们认识而已。”

见林清昼不说话了，虞杉继续道：“比如有一位姓焦的先生，他比你大几岁，也是拂风市人，长得相貌堂堂，家境也不错。前段时间他刚被总公司调回来，虽然学历不太高，但他很努力很上进，现在已经做到经理的位置了，听说他对刺绣也颇有研究……”说着，她就势从桌上拿起一沓个人履历，递给林清昼看。

林清昼没有接，她的目光匆匆从履历上划过，平静地应道：“好啊，我愿意见面。”

林清昼爽快地承了虞杉的情，令虞杉有一瞬的怔然，但虞杉脸上很快再度覆上笑容：“那好，我来替你们安排。”

林清昼搭乘刚才乘坐的电梯离开酒店。

电梯数字一路下滑，她的心也在下坠。

虞杉在林清昼面前卸下自己的女强人面具，将私底下的自己完完全全展露在她面前，看起来完全不把她当“外人”，林清昼几乎就要相信虞杉是真心实意为她打算了。但过去这么多年，经历了那么多风风雨雨，她早已成长，分得清什么是真心什么是假意。

当年硬得不行虞杉现在便来软的，她明白虞杉的目的——八年前到现在从未改变过，那就是拆散她和虞桉。

虞桉给夏长悠安排的那栋小别墅门口，多了不少陌生的面孔。

他们看到林清昼出现，并未阻拦，林清昼顺顺利利地按响了夏长悠的门铃。虞杉内心强大，极度自信，她一定是认定了夏长悠已经被她掌控，所以根本不在乎林清昼是否登门。

等了半分钟，夏长悠打开了门，她满脸疲倦：“我说过了，不要给我送东西来，我不想——”

话语戛然而止。

林清昼扬了扬手里的水果，冲夏长悠弯唇一笑：“我带了你最爱吃的葡萄，每一颗都超甜。”

看到林清昼，夏长悠微微睁大了眼睛，她先是惊喜，再是内疚，她试图拉住林清昼的手，却又瑟缩着不敢靠近，只敢小声道歉："清昼姐姐，对不起，对不起。"

看她委委屈屈泪水盈眶的样子，林清昼一下子抱住她："傻姑娘，没关系的，别怕。"

夏长悠抽抽搭搭，用了无数张餐巾纸："我一直以为爸妈的事业做得很成功，他们也从来没告诉过我具体情况……我前几天才知道，我妈投入一大笔资金新开的新式火锅连锁一直生意不好，再加上管理不善，现在已经倒闭好几家门店了……这也就算了，我爸赌博亏了不少钱，手头上的流动资金根本填不了那个大窟窿……"

好在他们夏氏在拂风市根基深厚，虽然损失不少，但不至于一吹即倒。

"这些事，我爸妈都刻意瞒着我……所以他们会这么重视这次和虞氏的合作……是我太任性了，我辜负了他们，搞砸了一切。"

林清昼耐心地听她说完，轻轻拍着她的后背："这不是你的错，你不要给自己这么大压力，是你爸妈做错了，却让你来承担后果。"

夏长悠拼命地摇头："不，这就是我的错，我明明可以乖乖听爸妈的话跟虞桉哥哥订婚的，这样虞氏肯定愿意帮帮我们……可我偏不要，偏要把一颗心放在根本不在乎我的人身上……"

说到骆昭然，夏长悠的眼眸黯了黯。

林清昼心头叹息："这些都是虞杉跟你说的？"

夏长悠点头："嗯，虞杉姐姐说她会帮我，会帮我爸妈，只要我承认孩子是虞桉哥哥的……她说她不介意孩子的生父是谁。"

那天，虞杉跟她说，她是个聪明的女孩儿，懂得趋利避害。

她的心愿是生下孩子，让这个孩子健康地成长，父母的心愿是找到强大的靠山，挽救夏氏的危机，虞杉的心愿是她与虞桉结婚。

或许，虞杉给出的就是最好的解决办法。

夏长悠泪眼蒙眬，话语却坚定："对不起清昼姐姐，我知道你为什么过来……但是请你原谅，我不能改口。"

林清昼前几次来看望她时，已经将自己与虞桉这么多年的纠葛告诉了她，夏长悠惊讶之余深深地祝福他们，觉得他们历经波折一路走来很不容易。

可现在，她却只能做个自私自利的人，做出让他们为难的事情。

林清昼很轻地点了下头，她替夏长悠拭去眼尾的泪珠，温声安抚她："别哭了，你现在不是一个人，你的情绪会影响到肚子里的宝宝。"

林清昼给了她一个拥抱："长悠，我知道你很勇敢，也知道这一切都是你深思熟虑后下的决定。我过来不是想让你改变主意，只是想来看看你……接下来你什么都不要再管，我们会想办法的。"

林清昼作别了夏长悠，走出了别墅。

刚走到拐角处，却听到了一阵喇叭声，她循声看过去，看到了一个意想不到的人。

林清昼走到黑色的跑车旁，她敲了敲半开的车窗："骆先生？你是来见长悠的？"

骆昭然在这里停了挺长一段时间了，他看着夏长悠心事重重地出门散了半个小时步，又看着林清昼提着水果来看望夏长悠。

骆昭然摁灭了手中的香烟，目光淡淡：“她怎么说？”

林清昼故意跟他装傻：“什么怎么说？”

骆昭然嘴唇一抿。

林清昼笑起来：“你有问题，为什么不亲自去问她呢？”

骆昭然再度从烟盒里抽出一支烟：“我只想知道她到底会不会把孩子生下来？”

林清昼转头望向那栋别墅，骆昭然停车的位置很巧妙，可以看到别墅院子的一角，偶尔夏长悠的衣角会一闪而过。

林清昼缓缓开口：“长悠这二十多年来，一直都在为家人而活，家人让她怎么样，她便怎么样。几个月前她去找过你一次，向你表白，那是她第一次做自己，为自己而活。”

骆昭然手指一颤。

“她没有奢望任何事，从没有奢望过你会像她喜欢你一样喜欢上她，她别无所求。

“后来，事态失控了，她怀了你的孩子，她开始害怕了……可即便如此，她依然不想逼你，她只是想把这件事情告诉你，听一听你的说法而已。现在，她控制不了自己的心，但有权利控制自己的身体。”

“我不想听这些废话。”骆昭然一顿，厌烦的情绪写在脸上，“她还是打算留下孩子？”

在他说了那么伤人的话后。

林清昼没有否认：“她是个很倔强的姑娘。”

骆昭然嗤笑一声：“是蠢，她有没有想过，即便虞杉那个丧心病狂的女人不在意，孩子生下来却长得跟虞桉完全不像，别人会怎么想她？她的目光能不能放长远一点？她就这么想当私生子的母亲？”

林清昼冷静地开口：“骆先生现在相信那个孩子是你的了？”

骆昭然眉眼微沉，他关上车窗，一言不发启动了跑车，绝尘而去。

车子很快消失在街道尽头。

这天晚上，林清昼把一整天的经历都说给了虞桉听。

外头电闪雷鸣暴雨将至，屋内却一派温馨。

听说虞杉要替林清昼安排相亲时，虞桉脸色一冷，态度强硬：“不许去。”

说到夏长悠的心路历程，虞桉的说法和骆昭然一致：“她很傻。”

说到骆昭然居然会偷偷去看望夏长悠时，虞桉似笑非笑：“口是心非。”

林清昼也觉得很惊奇：“难道骆昭然真喜欢上长悠了？”

虞桉长眉一挑：“谁知道呢？”

林清昼还是觉得不可思议：“那他为什么之前不愿意和长悠在一起？还对她说那么伤人的话？”

虞桉不以为然：“太自傲太自尊，不肯放低姿态，”他睨了林清昼一眼，意有所指，“不是每个人都跟我一样。”

跟你一样厚脸皮吗？林清昼默默腹诽。

聊了一个多小时，林清昼终于忍不住忧心忡忡：“你打算怎么做？你姐姐的公开承诺，你一点都不在意吗？”

虞桉被她难得紧张的样子逗到，他眼神微动，唇边笃定地笑，答非所问："我从没想过会有今天，在你经历了那么多后，还会愿意跟我分享心情，我很开心。"

林清昼微微怔忪。

虞桉望着小沙发上用毛毯将自己裹成一团的林清昼，她在通过这种方式避免与他发生身体接触。

但很多事情，是逃避不了的。

林清昼不主动，他便只好当主动的那一个。

虞桉伸手一拉，便将她拉到了自己身旁坐下，感受到她身体微微僵硬，他眼中笑意更深："所以，我怎么舍得被虞杉再次剥夺？"

林清昼低着头不敢看他："你是说，你不打算听她的？"

"虞杉是个控制狂，她当惯了决策者，什么事都想插一脚。但这是我的人生，我想要的人只有我自己能决定。"

虞桉揉乱她的头发，语气放低："交给我。"

林清昼很轻地摇摇头，她果然还是不习惯事事依靠别人："虞桉，这也是我的人生。"

她仰头望着他，眼眸里漾着柔软却坚定的笑意："我们一起。"

虞桉眸光一黯嘴唇微抿，忽然伸手捂住了她的眼睛。她若再用这样的眼神看他，恐怕他一向完美的自制力会消失不见。

他将她拥入怀里，只觉得拥抱远远不够，他无法抑制地低头吻了吻她的额头。

他笑叹："好，我们一起。"

「第十一章」

爱的先来后到

天刚蒙蒙亮，林清昼便轻手轻脚起床了。

她之前住在工作室的时候作息颠倒，经常刺绣到深夜，吃饭也有一顿没一顿的，现在她已经彻底被虞桉纠正过来了。

每天晚上十一点之前睡觉，早上八点起床上班。

然而每天早上，虞桉都会比林清昼提早起来，他会给她买好早餐放在微波炉里热着，然后等她醒来便发消息提醒她吃。

早上六点，虞桉的房门紧闭，很好，他还没醒。

虞桉的口味偏西式，习惯用刀叉；而她只喜欢中式早点，即便出国也喜欢用筷子。于是她给自己煮了一碗面条，按着网上的菜谱给虞桉做了一个三明治。

越是相处，林清昼越是发觉，她和虞桉的生活习惯兴趣爱好完全不同，生活在一起总会有各式各样的摩擦。

她骨子里是很传统害羞的人，而虞桉作风西式，大胆出格。

比如，她喜静，平时回了房间看看书浏览一下邮件便会睡。虞桉不喜欢极度的安静，他中学那会儿身边就前呼后拥，非常热闹。现在虽然性格收敛了不少，但他经常会在客厅里放音乐，也经常在书房开视频会议。

林清昼浅眠，听到一点动静便会醒来，好几次都被客厅的轻音乐惊醒。

比如，虞桉不吃辣，喜欢海鲜，而她无辣不欢，对海鲜过敏，他们注定不能一块去吃火锅，或者吃海鲜大餐。

比如，虞桉喜欢看体育频道和财经频道，而她只想简单看个综艺放松放松，每次抢遥控抢到最后，虞桉都会妥协，陪着她一块看综艺。

有时候看入迷了她会笑出声，转头一瞥却见虞桉笑望着她，根本没在认真看综艺，他眼神坦荡而直白，丝毫不加掩饰，往往会惹得她面红耳赤早早回房间休息。

再加上虞杉的阻挠，家境的差距……他们可以说是全天下最不般配的人。

林清昼犹自陷入沉思，刚刚将早餐端上桌，身后便传来不紧不慢的声音："你在做什么？"

林清昼手一抖，她镇定自若地转过头："做早餐。"

虞桉将衬衣扣子扣上，目光在桌上顿了顿，眉头微微一蹙："你指的请客，就是做早餐？"

"当然不是了！正式的那顿是今天的晚餐。"

"我今天休息。"林清昼补充。

虞桉在餐桌旁坐下："今天所里有一个交流会，会来不少国外天文领域的知名专家，我可能会晚一点回来。"

听他这么说，林清昼反倒松了口气："你要是回来太早，我可能还没准备好晚餐，我等会儿也要出趟门。"

"我送你。"

看他咬了一口三明治，林清昼隐隐期待：“味道怎么样？”

虞桉没有答复她，他脸上没什么表情，他扫了一眼她吃了一小半的面条，然后意味不明地说：“我和你换。”

林清昼呆了呆，没明白他什么意思，他却径直将他们俩的早餐换了过来。

林清昼给虞桉做的三明治放了鸡蛋火腿培根，营养很丰富，她给自己煮的面条连肉末都没有，而且放了不少辣椒，可他却面不改色全吃光，完全不嫌弃那面条是她吃剩的。

吃完，虞桉搁下筷子，一本正经地说：“我更喜欢面条。”

林清昼彻底愣住了，轻声喃喃：“你这人怎么这样？你平时不是不喜欢吃面食的吗？”

虞桉郑重其事地望着她：“从今往后，你喜欢什么，我就喜欢什么，你吃什么，我就吃什么，不必专门为我做。”

林清昼心中蓦地一动：“好。”

虞桉顿了顿，将林清昼递给他的水一饮而尽，神色终于有了变化：“记得下次少放点辣。”

吃完早餐，虞桉回房间换上了前几天完工的手工西服，西服是为他量身定制的，黑色的袖口各绣了金色仙鹤和蓝白祥云，衬得他气质凛然。

正要出门，林清昼却忽然喊住了他：“等等。”

虞桉脚步一停，转头看她。

林清昼急匆匆跑到房间里，拿了一个盒子出来，她没看虞桉的表情，兀自将盒子里的东西取了出来。那是一条手工绣制的领带，绣工精致，纹路细节和这套西服相辅相成，看得出缝制者花了很多心思。

她把他原本系的那条昂贵领带拆下来，随手扔在了沙发上，然后亲手系上了这条。

她专注于手中的动作，一边系一边说："这么重要的场合，当然不能搭配普通的领带了。"

虞桉一言不发，垂着眼睫一眨不眨地望着她。

系好退后两步，林清昼仔细打量，然后夸："很帅。"

见虞桉笑容意味深长，林清昼清了清嗓子："我是指这条领带。"

虞桉的手指轻扣在领带上，抬眉一笑："那么请问林小姐，这条手工领带多少钱？"

林清昼轻轻撇嘴："很贵的，出多少钱都买不起的。"

"你什么时候准备的？"

"就……订婚宴结束之后。"

虞桉轻笑："你这么早就想着要敲诈我一大笔了？"

林清昼索性承认："对啊，谁让你老给我出难题。"

虞桉叹息："处心积虑敲诈我，看来我可能这辈子都还不清了。"

林清昼阔气地说："没关系，你可以慢慢还。"

她的视线不自在地落在他的袖扣上："对了……之前那条不用再戴了，可以丢掉了。"

说着，她的脸慢慢红了。

虞桉明白林清昼的意思，却微微挑唇："怎么办，我特别喜欢那条。"

林清昼倏地抬眼，声音也抬高了，她有些气恼：“那是黑历史，不论绣法还是配色都惨不忍睹，要是别人知道那是我绣的……”

天知道她上次在订婚宴上看到虞桉系着那条领带，气恼之余是满满的羞愤，根本无法面对当时拙劣的绣工。

所以一直耿耿于怀。

虞桉慢慢说：“林清昼，那是我们共同的回忆。”

林清昼：“也是我的黑历史。”

虞桉正色：“好，我可以不戴，却不能丢，因为那是你送我的第一份礼物。”

行吧……林清昼妥协了。

上了车，虞桉问：“你去哪里？”

林清昼给他报了一个地址。

虞桉表示意外：“这么远？是要见什么人吗？”

林清昼直视前方，一本正经：“我不是答应了你姐姐吗，她给我介绍了一位姓焦的先生，约好了这个时候见面。”

她现在要按照约定，去见虞杉给她介绍的那个焦先生，刚才的一系列行为，无疑是为了讨好虞桉。

虞桉果然脸色不太好看了，他微眯起眼打量林清昼：“林清昼，你是让我送你去见情敌吗？”

骆昭然约了三两个好友一块出海，顺便聊生意。

他们同是拂风市出了名的富二代，从小一块长大。

全速前进的游艇带来一阵湿漉的风，吹拂着骆昭然的额发，他的心潮比眼前的大海还要波涛汹涌。

生意聊完后，几人便聊起了最近拂风市最值得津津乐道的八卦。

其中一个说："虞桉和夏长悠到底什么情况，订婚宴取消了还能重办？"

另一个说："真没想到，夏长悠那姑娘居然会嫁给虞桉，还怀了他的孩子。她以前不是一门心思喜欢骆少的吗？怪痴情的，是吧骆少？"

骆昭然眉目不动："你怎么知道？"

"她每年都给你送生日礼物，你不知道吗？"

骆昭然毫无印象。

"也是，你每年过生日收那么多礼物，肯定没注意过。要不是因为去年夏长悠把礼物偷偷放在你家门口时被我给撞见了，我也不知道这回事。"

骆昭然一默："为什么没人告诉我？"

那人大笑："骆少你不是不喜欢小白花吗？她是夏家的独女，受尽宠爱，要是你当面拒绝人家，人家面子上多不好看？"

阁楼里，大半礼物都没有拆封，落满了灰尘。

骆昭然打着手电一个一个地仔细找，夏长悠送的礼物并没有署名，只写了日期再附上一小束薰衣草干花。他把所有的礼物都拆了一遍，才敢确认哪些是夏长悠送来的。

他十六岁生日的时候，夏长悠送了他一本世界名著。

他十七岁生日的时候，夏长悠送了他一副很酷的潜水眼镜。

他十八岁生日的时候，夏长悠送了他一张他的素描画，一看就是练习过无数遍的。

……

她送的每一份礼物都石沉大海，从没得到过回应。

他一直都不知道，他们错过了这么多次。

最后，他翻到了一本日记。

夏长悠的字体时而工整时而潦草，写满了她自言自语的少女心事——

"今天看到他在体育馆踢足球，他周围围了好多女生啊，他真受欢迎……我也好想学会踢足球，然后去找他请教……可是我太笨了，怎么也学不会，反倒把膝盖摔破了，他一定会很嫌弃我吧？"

……

"他又换女朋友了，明明之前那个更漂亮呀，性格也很温柔，和他很配……我不喜欢他现在的女朋友，那个女生有一次在食堂里不小心把热水撒到我身上了，没有跟我道歉，还推了我一把……我好想把这件事告诉他呀，他会不会觉得是我太小心眼了呢？"

……

"好烦，我爸妈让我改修别的专业，可是我对那个专业一点兴趣也没有……但他之前就读的也是那个专业所在的院系欸，虽然他现在毕业了，但是不是意味着，我每天上下学都在走他以前走过的路呢……嗯！我好像又可以了！"

……

“怎么办，我马上要跟我不喜欢的人订婚了，那个人很好很帅对我也不错，我爸妈都很满意那个人，觉得他很适合我，我相信我们结婚之后一定会成为一对完美的夫妻……可惜，那个人不是他。”

……

“老天爷呀，为什么我这么胆小？我什么时候才能当一个勇敢的人，堂堂正正走到他面前跟他说我喜欢他？”

……

日记的最后，她写道：“喂！骆昭然！如果你看到了这本日记，那么恭喜你哦，你很荣幸地知道了这个世界上有一个这么可爱的我喜欢着你，而且喜欢了很多很多年。你要不要猜猜看我是谁？哈哈哈，我赌你肯定猜不到！我的保密措施做得特别好吧？但我还是忍不住希望，你会不会……有那么亿分之一的可能，也喜欢我呢？”

骆昭然猛然把日记合上。

夏长悠在她的日记里肆无忌惮想说什么就说什么，现实中却沉默安静，把一切都藏在眼睛里。

去年送上这个日记本的她有没有料到，她居然真的鼓起勇气走到了他跟前，跟他表白了？

她有没有料到，她会与他春风一度，甚至怀上了他的孩子？

她有没有料到，他会对她冷眼以待，对她嗤之以鼻，对她说出那么多痛苦伤人的话？

她有没有过……后悔？

结束和焦先生的见面后，林清昼去了一趟菜市场，她购买了很多食材。

将食材处理干净，煲好汤，已经差不多下午三点了，她带着排骨莲藕汤打车来到了虞桉所在的研究所。

她也想尝试着，给虞桉制造一点小小的惊喜。

这是林清昼第一次来天文研究所，这里距离拂风大学只有三公里，附近山林围绕，很是僻静。

也许是林清昼提着饭盒四处张望的样子太引人注目，所里的一个小女生主动过来和她说话：“你好，请问你找谁？”

“我是来找虞桉的。”

那个女生不着痕迹地打量她，好奇地问：“你是虞教授的朋友吗？”

林清昼把手中提的饭盒往身后藏了藏，有些不好意思：“对，我是他朋友。”

今今想了想，忽然恍然大悟：“等等……你就是那个女生吧？虞教授的同班同学！”

“同班同学？”

“虞教授的办公桌上摆放了一张毕业照，我有一次向他请教问题的时候偷偷看过，你就是站在他身边的那个女生！”

林清昼怔忡。

“麻烦稍等一会儿，虞教授现在还在开会……我叫今今，是这里的实习生，请问你怎么称呼？”

林清昼微微回神：“我姓林。”

“林小姐，”名叫今今的女生很热情，“不如我先带你参观一下吧。”

林清昼颔首：“好呀，谢谢你。”

今今张望了一下四周，压低声音跟林清昼说：“平时研究所是不许外人进来参观的，但虞教授一直很关照我们，既然你是虞教授的朋友……那咱们低调一点。”

她做了一个“嘘”的手势，林清昼笑起来，也学着她的样子把手指抵在唇边：“好，我们低调一点。”

说要低调，实际上这个叫今今的女生一点也不低调。

一介绍起研究所的历史和取得的成就，她眉飞色舞的，根本控制不住音量。

“学术研究是很枯燥的事情，在研究所工作的人无一不是对天文领域怀揣着满满的爱，虞教授就是这样的人，是我们学习的榜样。”

今今领着林清昼来到了一条挂满照片的走廊，悬挂的大部分是宇宙天体的照片和一些表彰奖项。

今今指了指其中一张照片，自豪地向林清昼介绍：“林小姐，你看这张照片，这是虞教授在六年前发现的一颗小行星，一直到他刚回国那会儿才正式定下名字来。”

林清昼问：“为什么这么久才定下名字？”

“给小行星取名字没那么简单的，首先必须发现一颗未知的小行星，其次这颗小行星必须被观测到多次，然后精确知道这颗小行星的运行轨道，最后才能正式命名。虞教授是发现者，并且在天文领域有突出贡献，所以拥有命名权。这是一项国际性永久性的殊荣，很了不起的。而且一旦确定了名字就无法更改，非常严肃。”

听今今这么一解释，林清昼也好奇起来：“那虞桉取了什么名字？”

今今姑娘指了指照片右下角的一行小字，字字清晰：“他给这颗小行星的中文名命名为‘清昼’，清澈的清，白昼的昼，是不是很好听？”

林清昼彻底愣住，觉得不可思议：“清昼？”

“对，这个名字是虞教授前年年底调回国内那会儿确定下来的，当时还闹了个笑话，我们所正好有个男生名字叫李轻舟，‘轻舟已过万重山’的‘轻舟’，我们都在八卦，说虞教授和这个轻舟是什么关系，居然用他的名字给小行星定名。后来才知道同音不同字……‘清昼’这个名字要么是虞教授的一位故人，要么，一定对虞教授有着很重要的意义吧。”

林清昼已经听不见今今在说什么了，她受到巨大的冲击，内心震撼久久无法平复。

虞桉给小行星命名的那时候……他们已经决裂很多年了吧？

那时候，她已经做好了这辈子与他再无瓜葛的准备，他也不确定，此生是否还会和她相见。

再度重逢，他对她冷言冷语，他应该同样怨着她吧？

可他居然……用了她的名字给他发现的科研成果命名。

林清昼望着照片上那颗小小的灰白色的天体出神，心潮澎湃，良久都说不出话来。

不远处会议室陆陆续续有人走出来，今今说：“他们开完会了，虞教授应该马上就会出来了，不如我先带你去虞教授办公室等他？”

上午的交流会结束后，虞桉回了办公室，脑海中还在思考着刚才的交流会内容。他松了松领带，后知后觉感到口渴。

刚一推开门，看清里头的身影后，他便顿住了，觉得意外又惊喜。

他眉梢微微一挑："你怎么会过来？"

林清昼正在看那张毕业照，听到动静她扭头望着他，笑得眉眼温软："来看你呀，吃午饭了吗？"

她自顾自把饭盒打开，温度刚刚好。

"我给你煲了汤，赶紧趁热来喝。"

虞桉大步迈过来，他双手环抱住她，把下巴搭在她的肩膀上，眼睛却没看那汤："看起来秀色可餐。"

林清昼扬了扬手里的相框，笑问他："你怎么还留着？这又不是你们班的合照。"

虞桉瞟了一眼那相框，也笑了一下："但它是我们唯一的合照。"

林清昼心中震动，再联想到刚才看到的小行星照片，心中软成一片，情不自禁地主动拉住了他的手，拉他坐下："先喝汤。"

虞桉顺势与林清昼十指相扣，并未松手，用另一只手端起饭盒。

虞桉因为她的小小主动，嘴角不可抑止地上扬。但很快，想起早上的事，他的思绪有一瞬的飘离，若无其事地开口："你上午见到那个人了吗？"

"你说焦先生？当然见到了。"

他低头喝汤，口吻不咸不淡："嗯，你们聊得怎么样？"

林清昼回想了一下："聊得挺愉快的，焦先生是个很和善很幽默的人，人也很有礼貌，你姐姐眼光挺不错的。”

虞桉没说话了，他手指一紧，脸上一丝表情也没有。

林清昼瞟他一眼，她咬紧下嘴唇，忍了忍还是没忍住，轻轻笑出声。

她不是傻子，她能看出来虞桉吃醋了。

明明是他开口问的，她答了他又不满意。

这种小孩子情绪居然会出现在一个快二十七岁的成年人身上，这让她觉得意外，也让她觉得可爱。

她明明事先告诉过虞桉自己赴会的原因，但她现在还是耐心地解释：“我之所以答应你姐姐，一是因为她摆明了要给我介绍对象，我即便拒绝，她也会想别的办法，倒不如顺她心意。毕竟你们虞氏和夏氏依然是联姻的关系，我肯定要避嫌的，我答应去见面，明面上对大家都好。二是因为我认识那位焦先生。”

在听虞杉聊起焦先生的名字和过往时，林清昼便隐隐觉得熟悉，看了履历上的照片后，她完全可以确定，焦先生是她的一位故人。

焦先生原本是师傅李若戈的常客，想找李若戈先生绣制一幅重要的百寿图。当年的林清昼名不见经传，没人愿意找她担任主要绣师，李若戈先生忙不过来，便把她推荐给了焦先生，焦先生也愿意相信她，这才逐步开启了她的成名之路。

虞杉看人的眼光很毒辣，如果林清昼不曾认识虞桉的话，的确有可能对焦先生那种儒雅体贴的人动心。

但很遗憾，在她的认知里，爱有先来后到之分。

她的心脏容纳空间有限，早已被那个不由分说闯进来的人占据得满满当当了。

林清昼望着虞桉的眼睛，一字一句说得无比认真："焦先生也是碍于人情才答应了这次见面，他目前并没有相亲结婚的意愿，我和焦先生之间没什么的。"

虞桉慢慢喝完了汤，表情依然平静："我知道。"

他把她拉到怀里，深深吸了一口她发梢的香气，声音有些低："给我一分钟。"

给他一分钟冷静一下。

明明很清楚原因，可他还是不喜欢这种感觉。

他应该拉着她坦坦荡荡地走到阳光下，告诉全天下，林清昼是他虞桉此生唯一深爱之人，除了她之外，他不会娶任何人。

而不是像现在这样，躲躲藏藏，只能眼睁睁看着林清昼为了照顾虞氏的感受，为了所谓的面子，委屈自己去跟其他人"相亲"。

明明环抱着她，呼吸着她的味道，听着她温和的嗓音，他却觉得不够，远远不够。

他想要她百分百属于他一个人。

而他也能摆脱束缚，百分之百属于她。

林清昼身体下意识微微一僵，但她逐渐放松，轻轻回抱住了他。

结束这个拥抱后，虞桉让她等着自己一块回去，林清昼来不及拒绝，虞桉便迅速投入了工作当中。

她看到了一个和平时不一样的虞桉，他认真专注，他足够自信也足够强大。林清昼这时才后知后觉，自己从没有关注过虞桉的事业，他一直在他的领域发光发热。

于是林清昼安静地待在虞桉的办公室里看书，等他忙完两人才一块离开研究所。

直到车子驶出很远，林清昼才恍然，这不是回公寓的路：“我们不回去吗？”

虞桉微微挑唇：“先带你去一个地方。”

窗外景致越来越熟悉，林清昼不敢相信虞桉会带她来这里。

前庭长时间无人打理，早已杂草丛生，摆放在门口的木椅身上静悄悄地爬满了藤蔓。

这是她和爷爷居住过的地方。

自爷爷离开后，她便再没回来过了。

林清昼深吸一口气，整理好思绪，翻出钥匙把门打开。

屋内设施依旧，除了空气中飘浮的尘埃外，什么都没变，那张老旧的木桌上还摆放着爷爷生前喜欢用的大瓷杯，西墙上的日历一直停留在八年前。

若不是柜子上摆放着爷爷的遗照，她几乎以为爷爷会像往常一样，在厨房里一边择菜，一边笑着喊她的名字。

林清昼小心翼翼地取下挂在门后的二胡，拂去上头的灰尘，怔了好久才开口：“你怎么知道我住这里？”

虞桉也在仔细端详屋内陈设：“高三那会儿我就知道了，有好几次，我跟在你身后送你回家。”

林清昼转过身把二胡展示给虞桉看，她脸上挂上了浅浅笑意："我爷爷生前最喜欢拉二胡，他一直想教我拉来着……可那时候我觉得二胡太老土，怎么也不肯学……现在想来，还挺后悔。"

虞桉在她身边坐下，眸中情绪不辨："你爷爷离开的时候，你在他身边吗？"

林清昼沉默了好一会儿，然后点头："我在，我陪爷爷走过了最后的时光。"

"临走之前，他有没有跟你说话？"

"当然有。"

林清昼闭了闭眼睛，脑海中霎时间浮现出爷爷瘦骨嶙峋的面容。

记得爷爷离开之前，她已经被学校退学了，再加上爷爷病重，她整日陪在病床前，觉得人生一片灰暗，眼睛天天哭成核桃。

那个夜晚，父亲在外地工作，没能及时赶来，她的母亲说要带孩子，也没空过来，偌大的病房里只有她一个人。

爷爷布满老茧的手颤颤巍巍地朝她伸出来，于是她立刻握紧爷爷的手。

看她哭得泣不成声，爷爷甚至还笑着安慰她："傻姑娘，哭什么……人老了……总要走的，爷爷是因为年纪大了……你别多想……只可惜……爷爷这辈子……没能成为你的……靠山。"

林清昼只能拼命摇头，什么话也说不出来。

爷爷轻声喃喃，脸上却是平和的："更可惜的是……爷爷还没看到你……出人头地。"

她哭得更厉害了，信誓旦旦地保证："爷爷我一定会出人头地的。"

爷爷勉强点了点头，因为身体的疼痛而吐词不清，意识也逐渐模糊："死倒是没什么……爷爷只担心啊……担心你一个人……以后该怎么办才好啊……"

……

爷爷与世长辞后，林清昼没有购置墓地，而是将爷爷的骨灰撒入了大海里。

这是爷爷的心愿，据说当年奶奶也是海葬的。爷爷还说，不必把钱花在无用的事物上，只有这样，他们才会在广袤无垠的天地里重聚。

爷爷要她不必牵挂，也无须看望他，他这一生已经结束了，而她还有很长的路要走。

要她，务必坚强。

林清昼轻轻开口："爷爷临走前说人固有一死，让我想开一点，还跟我说，要我照顾好自己。"

虞桉揽住她的肩膀，轻声询问她："你做到了吗？你有好好照顾自己吗？"

林清昼一默。

"你爷爷从来没有责怪过你，你没有做错任何事，错的是伤害你的人，所以你不必自责，而是应该向前看。"

虞桉望向柜子上爷爷的遗照，表情是从未有过的肃穆："爷爷，虽然我从未见过您，却多次在清昼口中听说过您，她一直很思念您。"

林清昼愣愣看着虞桉，她只觉得，她所思所想不用开口他就能明白，他比她想象中还要更了解她。

虞桉抬手揉了揉她的头发，温声道：“清昼一直觉得您的离开是她造成的，她将错误归咎在自己身上，您走了之后，她很难过也很害怕，她独自一人扛下了所有恶意和委屈。她吃了很多苦，却什么都不愿说，她太坚强了，她习惯了一个人承受。她不敢轻易依赖别人，我知道，她怕在她选择依赖之后，她的依赖会落空会错付，她是个让人心疼的傻姑娘。”

她虽外表柔弱，但骨子里却是个要强的人，不肯在任何人面前示弱。

她一直在拼命，拼命想证明自己的价值。

虞桉朝林清昼伸出手，林清昼顿了两秒，将手放在他掌心，被他牢牢握住。

虞桉笑容笃定，一字一句说得郑重而清晰：“爷爷，我爱林清昼，我爱了她很多年。八年前我让她失望了，这次我想弥补。如果可以的话，我想用一辈子来弥补。”

林清昼怔怔说不出话来，只觉得嗓子眼被一团湿漉的棉花堵住了。她一直深藏心底不敢表露的话，就这样被虞桉简单直率地说了出来。

虞桉笑了笑，将目光重新落到林清昼身上，他嘴角上扬，眼底却是毫不掩饰的心疼和愧疚。

他郑重地道歉：“对不起，那个时候没能陪在你身边。”

林清昼吸了吸鼻子，掩饰住那股骤然涌来的酸涩泪意。

爷爷的离世，是她最后的心结。

而虞桉亲手，帮助她把心结打开。

从今往后，她终于能正视过去，终于能坦然向前。

她对虞桉报之一笑，她没有说“没关系”，也没有再说诸如“我不需要”之类的话。

此刻，什么都不重要了。

林清昼主动挽住了虞桉的手臂，将头靠在他的肩膀上：“我们回去吧。”

「第十二章」
怯懦的勇敢的

驱车回到公寓时，已经晚上九点了。

厨房里食材切好洗好处理得差不多了，只差煮成成品。林清昼暗道一声糟糕，她本想送完汤就回来煮饭的，没想到会回得这么晚，加上情绪短时间内大幅度起伏，已经把准备晚餐的事忘到九霄云外了。

果然，虞桉捏起一片切好的黄瓜塞进嘴里，似笑非笑："这就是你说好的晚餐？"

林清昼准备撩袖子了："不如把这顿当夜宵？你稍等一会儿，我现在就开始煮饭，很快就能做好。"

虞桉拉住了她，不想她这么晚了还辛苦："算了，我不饿。"

林清昼坚持："那再喝点莲藕排骨汤？还剩很多，热一热就好了。"

这次虞桉没阻止她，林清昼胃病在身，即便不饿也必须吃点东西填一填肚子。

将汤热好后，林清昼给自己和虞桉各盛了一碗，给虞桉盛了很多肉："不如把大餐推迟到明天中午吧？我中午早点回来，来得及的。"

虞桉一边喝汤，一边不紧不慢地说："林清昼，我期待的不是这个。"

"不是你说要吃我亲手做的——"

林清昼疑惑地望向虞桉，却见坐在对面的他眸色幽深，唇边挂着一抹熟悉的笑。

林清昼难得卡壳了一下，大家都是成年人了，她当然明白虞桉在想什么，她埋头喝汤，顿时心跳如雷。

洗漱完毕后，林清昼抱着被子坐在床上发了好一会儿的呆，反复将床头灯打开关上。

她一直注意听门外的脚步声，直到外头归于平静，她才反应过来，虞桉已经回房间了。

他没过来找她。

不知怎么的，她有那么一点点的失落和无措。

时间一分一秒地过去，林清昼终于下定决心，掀开被子起身，赤脚下了楼。

楼梯和地板上都铺着地毯，并不凉，她很快便停在虞桉的房门口，顾不上思考，她径直推开了那扇房门。

门半掩着，没关。

听到动静，虞桉倏地回过头，漆黑的眼眸顿在林清昼身上。

他穿着衬衣西裤，袖子卷到手肘处，露出精瘦有力的手臂。正站在窗边吹夜风，微凉的夜风能让他更冷静地思考。

但此刻，他好像已经冷静不下来了。

“你还没睡？”

说出口才反应过来是句废话。

虞桉定定盯住林清昼，话语情绪不辨：“睡不着。”

“那什么……”林清昼不敢与他对视，“我过来是想问你，你比较喜欢吃鱼，还是比较喜欢吃鸡？我本来打算都做，但我们只有两个人……可能会吃不完……”

声音越说越低。

林清昼开始后悔了，往后退了一步：“不然我还是明天再问吧。”

虞桉低低笑了一声，他没说话，也没给她退缩的机会，径直迈开步子走过来，他拉着她坐到床边，欺身去寻她的唇。

林清昼依旧全身僵硬，她下意识的反应是偏头躲避。

于是他的唇从她脸颊上堪堪划过。

虞桉顿了半秒，唇边噙笑：“林清昼，你迟早要习惯。”

林清昼别开脸，眼瞳惊慌地四处闪躲：“你别……这么突然。”

“那好。”

虞桉牢牢盯住她的眼睛，嗓音微微沙哑：“林清昼，我想亲你。”

林清昼愕然。

她一时间手足无措，完全不知道该如何回复他。她不好意思回复“好”，又不情愿拒绝。

看她不说话了，虞桉却煞有介事：“我是在征求你的意见。”

林清昼声音低不可闻：“我……我没什么意见。”

她声音实在太小，虞桉没听清楚，他神色不动，指了指自己的嘴唇，语气从容不迫：“那你吻我。”

林清昼眼睫微微一颤，鼓起勇气回视他。咫尺的距离，虞桉的目光一眨不眨，眼眸中情绪汹涌，她不好意思地捂住了他的眼睛，不许他再看自己。

虞桉果然轻轻笑了笑。

林清昼调整好呼吸，轻轻靠近他的嘴唇，在上头蜻蜓点水地印下一个吻。

他的唇和她印象中一样微烫，就像一点星火，轻易就蔓延开，在她心头燃起了一大片足以将她湮没的燎原之火。

事到如今，她不允许自己再退缩。

他一直在主动向她靠近，他从不吝于表达自己的心意，他在爷爷面前亲口说，他爱她。

于是，她也想勇敢一点，再勇敢一点。

虞桉的胸膛微微颤动，他在笑。

他将林清昼捂在他眼睛上的手移开，笑容加深："林清昼，这可不算吻。"

林清昼把头埋在他怀里，早已羞得无法见人了。

虞桉心中喟叹，她能做到这个程度，他已然满足，觉得此生再无遗憾。他将她拉了起来，左手一寸一寸下滑，搂住她的腰肢，右手温柔地抚摸她的发，然后重新覆上她的唇，与她唇齿相缠。

某娱乐新闻媒体拍到了知名刺绣大师林清昼和虞氏公子天文学教授虞桉携手离开天文研究所的照片。

那家媒体像前几次一样，打算把照片卖给虞桉，大赚一笔。可没想到，这次和以往几次不同，虞桉方的工作人员没打算买断照片，而是大大方方让他们发。

那家媒体疑惑之余，发布了独家报道。在虞氏、夏氏的联姻恢复之际，虞桉却和林清昼牵手同行，这无疑是爆炸性新闻。

前来追踪报道的记者几乎要踏平天文研究所的门槛。

不知是运气好，还是虞桉故意在等他们，他们顺利地在研究所门口堵住了虞桉。

话筒争先恐后被递上前来："虞先生，之前订婚宴取消，是否与林清昼小姐有关？"

"虞先生，夏长悠小姐对您和林清昼小姐的私情是否知情？"

……

虞桉一律对这些无聊的推测置若罔闻，直到一个声音问他："网上都在传，您根本不喜欢夏家小姐，不会跟她结婚……"

虞桉停住了脚步终于有了反应，他转头直视着镜头，微微一笑："对，我不会娶夏长悠，我爱的自始至终只有林清昼。"

他抬腕看了一下时间，然后不急不缓地抬眸："有什么问题尽管问我，别去打扰她们。"

在场众人哗然。

虞杉按了暂停键，画面定格。

她把遥控器丢在沙发上，在办公室踱了两步，美艳的脸上神情不屑又讥嘲："小桉，我以为你已经长大了，不会再忤逆姐姐了。"

电话那头，虞桉笑了笑："我以为我长大了，我的事情可以自己做主。”

虞杉放柔了嗓音：“小桉，你以前很听姐姐的话。”

“因为以前我相信你，觉得你是为了我好。”

“姐姐的确是为了你好，你和夏长悠门当户对，样貌也相配，你到底哪里不满意？还是说你介意她怀了别人的孩子？别太任性了，与夏氏合作的好处远远大于弊端，你们以后还会有自己的孩子。”

虞桉很平静：“与孩子无关，我不满意，是因为夏长悠不是林清昼。”

虞杉一顿，语气霎时间变得冰冷：“林清昼到底哪里吸引了你？不论长相性格家境，她都比不上夏长悠！还让你一而再再而三变得不像你自己。”

虞桉语速缓慢：“你是为了我好，还是自私地想满足自己的控制欲？我是不像自己，还是不像你眼中的我？”

虞杉冷笑：“你知道这样做的后果是什么吗？”

办公室门口忽然传来急促的敲门声。

虞桉也听到了敲门声，他微一弯唇：“虞杉，建议你还是先管好自己的事。”

挂断电话，虞杉调整好呼吸，恢复了往常干练的神情，这才让人进来。

听了助理的汇报后，她沉默了很久。

洛杉矶的新型酒店选址在一处偏远的山林里，虞氏直接购置了一个山头。那家酒店集住宿和娱乐于一体，风景优美，打着原生态的旗号，远离城市喧嚣。

想要住这家酒店，必须先乘船，然后乘坐缆车抵达山顶。这是酒店的独特之处，吸引了不少非富即贵的住客。

当地政府却打算修一条通往山顶的路，做面子工程，可这不仅会破坏生态还会违背酒店的服务理念，虞杉一直想办法在其中周旋，没想到今天那边突然传来消息，施工队择日就会动工。

所以，她必须在几天之内返回洛杉矶。

虞杉几乎是立刻就猜到了，是虞桉从中做了手脚。他虽然意不在继承家业，却多多少少了解内幕，他这么做，只为逼她离开。

虞桉是个很聪明的人，也很清楚虞杉在乎的是什么。他完全有能力支撑起整个虞氏，所以她一直有意培养他为接班人，可他一门心思都在天文学领域。

虞杉缓缓开口："订机票吧。"

助理问："虞总打算就这样回去？您弟弟那边……"

虞杉的情绪依然冷静："让他们闹吧，再闹也掀不出风浪的，明面上夏长悠已经怀了虞桉的孩子，他总不能让夏长悠把孩子打掉。"

助理愣了一下后反应过来："也是，您弟弟是个重感情的人，肯定不会说孩子不是他的，让夏小姐难堪的。"

美丽的女企业家很轻地叹了一声，似乎感到疲倦："到底年轻气盛。"

虞桉、林清昼和夏长悠的三角恋，在网上传得沸沸扬扬。

不少人在调查了他们的背景后，将之前的细枝末节联系到了一起。小朱仔细看完了那篇足足一万字的长文，不禁感叹："清昼姐，原来你和虞先生之间经历了这么多，你高中时就开始追求他了呀？"

林清昼觉得自己越来越跟不上小朱无厘头的思路了：“什么东西？”

“那篇公众号长文上说的，把你塑造成了辛苦追爱的痴情灰姑娘，说你经历了九九八十一难才换得虞先生一个回眸。”

林清昼被小朱肉麻的台词吓得一个哆嗦，她让小朱把文章发给她，然后仔细看了一遍。

看完后，她很无奈：“这篇文章起码一半以上是胡编乱造的。”

小朱眨眨眼睛：“那意思是，另一半是真的喽。”

林清昼扶额：“重点是胡编乱造的那一半编得也太离谱了。”

“比如呢？”

“比如这里……”

林清昼指着文章的第一段，她刚要解释，门口便传来熟悉的戏谑声音：“比如，是我追的她，历经千辛万苦才追到手。”

林清昼愣了愣，红晕悄悄爬上脸颊。

虞桉依然是原来那个他，任何大胆出格的话由他说出口，都是一件再正常不过的事。

小朱也呆住了，她闻到了浓浓的狗粮味。

她立刻起身把空间让给他们，识趣地不当电灯泡。

虞桉给林清昼带了一份他特意跑去城西买回来的山药百合粥。

因为这件事太火爆，严重影响到研究所的日常工作，所里在经过一系列探讨后决定，暂停虞桉的工作，拂风大学也让他回家休息一段时间。

虞桉一下子清闲了下来，这几天，他偶尔在书房里看资料，偶尔会去白昼工作室看林清昼刺绣，一点也不着急。

他不在乎，林清昼却忧心忡忡："我还是觉得，你不该跟你姐姐对着干。"

虞桉慢悠悠地喝茶，不时扫一眼喝粥的林清昼，说得云淡风轻："我不想娶夏长悠，夏长悠也不是真心想嫁我。"

林清昼将粥吹温才喝下去："你就不担心复工的日子遥遥无期吗？"

虞桉的手指在桌面轻叩，他淡笑："身边有你，我才有未来。"

见林清昼怔住，明显感到负担的样子，他倏地笑出声："放心吧，研究所也不会这么轻易放弃我的，所长对我赞赏有加，一心想着以后把位子给我坐，你就是未来的所长夫人。"

林清昼这才稍稍放松，听他嘴上没把门的，好气又好笑："八字还没一撇呢。"

虞桉睨她一眼，似笑非笑："这么着急想嫁给我了？"

林清昼愤愤："谁着急了？"

喝完了粥，林清昼索性不理虞桉了。

她把手洗干净擦至完全干燥，然后在绣架前坐下，正色道："好了，我要开始工作了。"

于是虞桉也不说话了，安静地坐在一旁看书，偶尔转眸看林清昼的侧颜，一看便能看很长时间，也不觉得无趣，只觉岁月静好，再没有比这更美好的事。

等她下班后，他再牵着她的手，和她堂堂正正地走在阳光下。

骆昭然也在第一时间知道了这回事。

虞桉当众拒绝迎娶夏长悠，无疑把夏长悠架到了一个尴尬的境地里，这让他心中溢出一丝微妙的不适感。

事实上，他接连几日都驱车去往夏长悠居住的别墅外，想确认她的状况，但她一直闭门不出，而他也没有上前敲门。

奇怪的是，这天整栋屋子黑漆漆的，屋外的保镖也全部撤走了。

他心中的不安感逐渐扩大，直到深夜十二点的时候，他忽然接到了林清昼打来的电话。

他中断了和客户的聊天，不假思索便接通了电话，他下意识觉得，这个电话可能与夏长悠有关。

电话那头，林清昼没有像往日那样客气地称呼他为“骆先生”，而是语气稍显急促，她单刀直入：“骆昭然，你想不想见长悠一面？”

骆昭然的心脏猛然一沉。

“什么意思？”

电话那头，林清昼沉默了一会儿，似乎不知道该如何开口。

烦躁的情绪漫上来，骆昭然主动问：“她怎么了？她在哪里？”

“我们现在在医院……”

“医院？她终于决定不要这个孩子了？”

林清昼否认了：“不是，夏长悠她……自杀了。”

骆昭然呼吸一停，霎时间脸色尽失。不知道过了多久他才找回自己的声音，他涩声开口：“你在说什么？”

林清昼的口吻是从未有过的凝重：“骆昭然，现在还有机会，你……

要不要过来？”

顾不上细想，骆昭然问了位置后，一路飙车到了医院。

他脸上虽然毫无表情，大脑却很混乱，心中空落落的，仿佛缺了一块。他一遍一遍想起夏长悠的脸，她害羞微笑的样子，她失魂落魄的样子，她泪水涟涟的样子。

记忆里的每一个她都是鲜活的，而不是现在这样，死气沉沉。

躺在病床上的夏长悠像一只纤弱颓败的蝶，她紧紧闭着眼睛，手腕上的白色纱布无比刺眼。她眼中曾有希冀，却被他亲手捏碎，她遭遇的境地是他一手造成的。

他忽然胆怯不敢上前，他怕他一动她便会在他眼前消失。

他心头冒出一股怨恨，若不是虞桉拒绝娶她，她也不会选择这样极端的做法。但很快他又恍然，她之所以这样做，是他在步步紧逼。

最终，他还是在她身边坐下。

他的心跳依然很快，他的手心开始不自觉地冒汗，他开始思考自己是不是从一开始就做错了？他错误地估计了自己的内心，误以为自己对她只有厌烦。

心中犹自疑惑，身体却先行一步，他的手轻轻抚过夏长悠的脸庞，抚过她的鼻梁她的唇。

她的呼吸很微弱，微弱到仿佛下一秒就会停止。

很不可思议地，夏长悠苍白的脸色一点点变得红润，她眼睫颤了颤，然后缓缓睁开。

那一刻，骆昭然怔在了原地。

他无法形容自己的心情是怎样的，是大旱多年骤然降雨，也是跋涉千里终觅得星空，是不敢置信的狂喜。

夏长悠的眼神很迷茫，看清身边之人后，她的第一反应是震惊和喜悦，第二反应是往被子里缩了缩，带了一点警惕："你怎么来了？"

骆昭然也一瞬间回想起了自己曾说过的伤人的话，他被这眼神刺痛，遂垂下眼睫，不再与她对视。

夏长悠试图坐起来，骆昭然立刻扶住她，还柔声说："你小心一点。"

夏长悠没说话。

骆昭然尽量不去碰她的伤口，又要顾及她的肚子："还有没有哪里不舒服？"

夏长悠迟疑了一下，摇头。

"饿不饿？你想吃什么？我去买。"

夏长悠又摇头，她僵硬地说："让你失望了，医生说孩子没事……你可以走了。"

骆昭然一动不动。

气氛一时凝固。

不知过了多久，骆昭然才缓缓开口："看到你没事，我特别高兴。"

夏长悠怔住。

"抱歉，之前不该对你说那么伤人的话，是我的错。"

夏长悠开始怀疑自己是否听错，眼前这个人真的是骆昭然吗？

骆昭然淡然一笑，帮她掖好被子，还在继续说："我知道你很讨厌我，也不想看到我，我对你做过很多很糟糕的事，让你受了很多委屈，吃了很多苦，你不原谅我也情有可原。"

触摸到那白色纱布，他的手指微微颤抖了一下，怕被她发觉，他镇定自若地收回手："恨我的话，现在我就在你面前，你可以动手，我绝不反抗——不论如何，不要做伤害自己的事情。"

说着，他果真闭上了眼睛，似乎在等她动手。

"那个——"

夏长悠咬紧下嘴唇，当着他的面将手腕上缠绕的厚厚纱布一层又一层摘下来。

她假装冷漠的表情再也绷不住，她不好意思地低垂着脑袋，歉疚又懊恼："对不起，其实……我没自杀，这都是装出来的，刚刚是睡着了……清昼姐姐说这样做可以激一激你，还让我对你凶一点，因为你对我……"

她哽咽了一下："一点也不好。"

害怕骆昭然会生气，她再次小声地跟他道歉："对不起。"

这天中午，她肚子忽然不舒服便打了电话给林清昼，林清昼和虞桉一同将她送来了医院。医生说是太过忧愁所致，让她务必好好休息。

知道虞桉当众说不愿娶她后，夏长悠一点也不觉得惊讶，反而松了口气，她本意并不想拆散他们，只是被逼无奈而已。

夏长悠很羡慕林清昼，能遇到一个对她一心一意的人。

当林清昼说出"自杀"这个大胆的想法时，她整个人都惊呆了，第一反应是不想撒谎骗骆昭然，而且当时她也放过狠话，不想再见他。可林清昼却告诉她，感觉骆昭然对她并非完全无情。

于是她犹豫之后，答应了这个疯狂的计划。

她想最后再试一试，不论结果是什么。

骆昭然果然沉默了。

他似乎在出神，半晌一点反应也没有。

夏长悠有点儿慌：“你是不是生气了？”

骆昭然却骤然轻笑一声，夏长悠还没来得及看清他的表情，完好无损的手腕便被他抓住，他一用力她便被他搂在了怀里。

他的嗓音极低极压抑：“没关系。”

他在这一瞬想通了很多事。

他很庆幸，夏长悠没有自杀没有伤害自己，她好端端地坐在自己面前，没有比这更好的事了。

夏长悠觉得骆昭然的反应太不可思议了，他怎么会对自己这么温柔，还拥抱自己？

她恍惚间以为自己还在梦里。

她蒙蒙地从他怀里抬眸，小心翼翼地问：“你不生气吗？”

骆昭然很轻地摇头：“你不生我的气吗？我对你一点也不好。”

夏长悠撇了撇嘴：“我当然生气呀。

“但是我转念一想，一直是我一厢情愿喜欢你，又突然跑到你面前说我怀孕了，你拒绝我，拒绝这个孩子是情有可原的……所以，我又没那么气了。”

夏长悠手指紧扣，声音里是掩饰不住的沮丧：“我只气我自己，不够优秀，太不起眼了。”

骆昭然心中钝痛，这个傻姑娘，到这个时候还在为他考虑。

“你没有不起眼。”

骆昭然把她的头发拢至耳后，温声问她：“除了假装自杀外，我想知道你还做过什么。”

夏长悠有些慌了，以为他要跟自己秋后算账：“没有了，我从来没跟其他人说过，这个孩子是你的，即便是虞杉姐姐，我也没告诉她……”

“你给我送过生日礼物。”

夏长悠蒙了蒙：“啊？”

她飞快地回想起那本日记，又慌乱又羞涩恨不能找个地缝钻进去。

“我看到了，我很喜欢。但我很好奇，你怎么会知道我十七岁的时候很喜欢潜水的？”

夏长悠嗫嚅：“你说那副潜水眼镜呀……因为很喜欢你，所以我专门打听过。不止这个，我还知道你喜欢摇滚音乐，喜欢开游艇，十八岁的时候考了游艇驾照，那天你邀请了好多人去你的游艇上参加聚会。”

夏长悠顿住，神情更加失落。

骆昭然立刻便想到，他从没有邀请过她。

那时候的他在想什么呢？

他知道父母想让他和夏长悠亲近起来，可他讨厌被束缚，讨厌被安排，讨厌被利用。

所以，他理所应当讨厌那个女孩。

骆昭然薄薄的嘴角向上翘起：“还有呢？你还做了什么？”

夏长悠脑子有些转不过来，不明白他为什么要问这些，但她还是答：“让我想想……”

今晚的骆昭然极其有耐心，他并没有催促她，而是倒了一杯温水递到她手里。

夏长悠偷偷打量他，见他没有厌烦，于是她便安心地说：“我记得，你十八岁的时候，我送了你一幅素描画，为了完成那幅画，我提前半年就去找老师学习。本来是想学水粉画，但有一次不小心把水粉弄到眼睛里，给我造成了心理阴影，只好改学素描画了，送给你的那幅是我从十多幅里挑选的最好的一幅……”

原来，她在他看不见的地方做过这么多事。

骆昭然的手掌落在她凸起的小腹上，下定了决心：“我们结婚吧。”

“你绝对想象不到，当时我画了十多幅一模一样的——你说什么？”

夏长悠倏地睁大眼睛，完全不敢置信。

骆昭然的脸罕见地微微泛红：“你愿意嫁给我吗？”

夏长悠傻了，磕磕绊绊着，话都说不出来：“你……你真的是骆昭然吗？”

她伸手掐自己的手臂，确认自己是清醒的。

骆昭然拉住她的手，满眼怜惜和愧意，可他字字真诚：“我知道我绝非良配，名声也不好，乱七八糟的绯闻很多，但我从没有像今天这样想娶一个女人。”

他笑望着她：“不知道有没有这个荣幸，可以娶到你。”

没有单膝下跪，也没有钻石鲜花。

可夏长悠的眼泪一下子夺眶而出：“我愿意。”

这个夜晚，他们聊了很久很久。

骆昭然好像重新认识了夏长悠，她不是一根无趣的木头，她其实活泼又善良。

她一直在默默注视着他，而他也早已在某个记不清的时刻动心。

那么，再没有什么可以阻止他了。

虞桉和林清昼一直坐在外头等待，林清昼有些困了，靠在虞桉的肩膀上，和他有一句没一句地说着话。

等夏长悠睡着，骆昭然走出了病房，他已经完全恢复了之前的贵公子姿态。

看到骆昭然出来，两人都随之起身。

骆昭然径直停在虞桉面前，他挑衅般地扫了虞桉一眼：“看来你没机会当我孩子的父亲了。”

虞桉却笑了笑，主动给了他一个拥抱：“恭喜。”

林清昼也笑起来：“恭喜你们。”

骆昭然就是唯一的变数。

虞杉千算万算算不到夏长悠的孩子是骆昭然的，更算不到骆昭然居然会为了夏长悠浪子回头。

骆昭然亲口承认自己是夏长悠腹中孩子的生父，并且愿意迎娶她。

如此，虞氏和夏氏的联姻自然取消，骆氏在拂风市的风头不逊于虞氏，夏长悠也不会被家里人责怪。

皆大欢喜。

只开着床头灯，房间光线很暗，林清昼的眼眸却很亮，她趴在沙发上，开心地说："听说，再过两天，夏长悠就要和骆昭然去领证了。"

虞桉帮她吹头发，答得漫不经心："嗯，我们什么时候去领证？"

"喂！正常步骤不应该是先求婚，然后订婚再结婚吗？长悠他们这么快领证是因为怀孕了。"

言外之意，某人连求婚都没有。

虞桉轻笑："你出的自杀这个主意可真假。"

林清昼打了个哈欠，头发吹得太舒服，她开始觉得困倦："却骗过了骆昭然。"

虞桉撇嘴："他也傻，若是夏长悠真自杀了，怎么可能不上头条。"

"关心则乱，总之，现在一切都迎刃而解了，说明这一招很有用。人有的时候就是很别扭，非要失去才追悔莫及，所以，需要采取必要的极端手段。"

林清昼转过头看着认真帮她吹头发的虞桉，忍不住回想："其实八年前，我也差点那么做了……爷爷的离世真的对我打击很大，但我把刀落在手腕上的时候，又想起爷爷对我的期望，最后还是放弃了。"

吹风机的声音一停，虞桉道："如果那个时候我听到了你自杀的消息——”

虞桉倏地俯身，他的呼吸落在她脸颊上，他亲亲她的嘴角：“我恐怕……会陪着你一块去。”

林清昼愣住。

林清昼的声音微微发颤：“那个时候，我们不是已经决裂了吗？你不是恨我收了你姐姐的钱吗？”

虞桉重新启动了吹风机，若无其事地开口：“林清昼，不要太低估你的重要程度。”

林清昼心中震撼，索性岔开了这个沉重的话题：“对了，李毫微前一阵子不是回来了吗，他特别生我的气，在电话里骂了我半个小时。”

“他骂你？”

某人开始不满。

“对，他说我瞒着他，偷偷跟你复合，还说要来找我算账……”

某人眉梢一动：“别跟他见面。”

“还好，他这次回来待不了多久，每天忙得团团转，根本没工夫找我……而且他马上又要出国了……应该不会来……找我的麻烦了……”

说着说着，她便睡着了。

为了完成一个很重要的订单，林清昼最近几天一直在赶工，每晚都要他催着她，她才会睡。

现在她已经累极了。

虞桉放下吹风机。

抱着林清昼回了房间，他给她盖上被子，吻了吻她的额头。

他观测过无数颗星星，每次仰望星空的时候，便会情不自禁想，她会不会偶尔抬头，也在注视着这颗星星。

不管当初的他再怎么恨她，她的存在对他来说，就是光亮。

哪怕微弱，哪怕黯淡，依然可以指引他前行。

即便恨她，但只要知道她在地球的另一端生活着，那么他便有继续奋斗的勇气，心里便会期许着，说不定什么时候会再次见面。

他绝对绝对无法忍受失去她。

「尾声」只要是你

拂风市长缨机场。

虞桉和林清昼来给虞杉送行。

这次离开，不知道她什么时候才会回来。

虞桉跟这个姐姐没什么话可说，能来已经算很给面子了，他简单颔首就当是送别了。

虞杉神情很淡漠，她望向林清昼的方向，客客气气地开口："林小姐，能不能借一步说话？"

林清昼自然答应了。

虞桉在与林清昼确认过眼神后，识趣地离开去买咖啡。

林清昼礼貌地微笑："洛杉矶那边最近降温，虞小姐要注意保暖。"

虞杉没打算和她寒暄："你赢了。"

林清昼笑着摇头："我们没有赌，谈何输赢？"

虞杉思忖了两秒，冷冷静静地开口："你很清楚，我一直不喜欢你。"

林清昼的笑容微微一敛，直言："我也不喜欢你。"

"虞小姐，当年是你把我和虞桉的关系捅到校长那里的吧？你从那个时候起就没想让我和虞桉在一起，没想让我和他一起出国留学。"

虞杉哂笑，她没有否认：“你要知道，我根本没把你们逼到绝路；你要知道，如果我真想拆散你们，有很多种手段。”

林清昼不卑不亢：“我知道。”

虞杉整理了一下西服套装，不紧不慢开口：“从小到大，小桉一直在做选择，选择他钟爱的天文学或者其他，每次他都会义无反顾地选择天文学——正如八年前。”

虞杉的眉眼漠然得像是与林清昼初次见面，她高高在上，她目带怜悯：“你觉得，如果再次把选择题交给虞桉，这次他会怎么选？选你，还是像八年前那样，选他追逐许久的前途？”

林清昼身体僵了一瞬，但她很快微微一笑：“虞小姐你搞错了，人生不是做选择题，虞桉也不会接受二选一的，就像我不会为了他放弃我钟爱的刺绣一样。”

“你的意思是，就算我同意让你嫁到虞家，但你依然不愿意自此放弃事业，安心相夫教子？”

林清昼毫不犹豫：“我当然不愿意。”

林清昼付出了难以想象的努力才走到了现在这一步，让她放弃，根本不可能。

虞杉不欲再和她谈，漂亮的眸子里满是不耐烦：“你可以走了。”

林清昼没有动，她望着虞杉挺得笔直的背脊，轻声开口：“我很好奇，虞小姐为什么觉得我和虞桉不般配呢？因为门不当户不对吗？我和虞桉是平等的，我没有高攀他，他也没有不配我，我们彼此契合。”

虞杉头也没回：“我不感兴趣。”

“可是虞小姐，即便你做了那么多阻止我们在一起的事，我依然愿意原谅你。”

虞杉一怔，然后不受控地轻笑出声，她的语气无比冰冷：“小桉现在不在，你不必在我面前惺惺作态。”

林清昼没有理会她的讽刺，径直开口：“作为姐姐，你知道虞桉最想要的是什么吗？”

虞杉冷笑：“天文，我妥协了不是吗？”

林清昼摇头：“虞小姐错了，他最想要的是来自家人的支持。”

虞杉完美的笑容僵硬了一瞬。

林清昼走到虞杉面前，对她露出微笑：“姐姐，这不是妥协，而是爱，来自家人的爱。”

虞杉素来完美的面具似乎出现一丝松动。

林清昼主动上前，给了虞杉一个拥抱：“祝你一路顺风。”

虞桉回来时，两个人都很沉默。

虞桉将虞杉当成透明人，走到林清昼身边，将牛奶递给她。

“怎么是热的？”

“我让服务员加热了。”

“最近天气越来越热了……我想喝冰的。”

“冰的？你是嫌自己胃还不够疼是吧？”

“已经好久没疼了……”

“那下次疼的时候，别在我面前撒娇。”

“喂！谁撒娇了！”

……

虞杉嘴唇紧抿着，她静默地看了他们一会儿，忽然迈步走到了虞桉跟前。

她这个弟弟原来已经长这么高了，他的肩膀足以承担风雨，他从当年的小男孩成长为真正的男人，她甚至需要微微仰头才能注视到他的眼睛。

他的眼神和她很像，同样的坚定，同样的认定便不回头。

虞杉弯唇：“姐姐走了。”

虞桉颔首，简明扼要：“嗯，路上小心。”

下次不知道什么时候才能见面，虞杉脸上的笑容扩大，她拍了拍虞桉的肩膀，轻声说：“婚礼别忘了邀请姐姐。”

虞桉一怔。

虞杉独身一人拖着行李箱离开后，虞桉和林清昼也往回走。

虞桉漫不经心地开口：“虞杉和你说什么了？威胁你了？”

林清昼忍俊不禁：“你是把你姐姐想象成洪水猛兽了吗？她哪有这么可怕？”

虞桉眉梢一挑，伸手探她额头：“你怎么帮着她说话？”

林清昼无奈地把他的手拉下来：“她好歹是你姐姐，你别对她那么冷漠。”

虞桉好气又好笑：“林清昼，你到底是哪头的？”

林清昼笑眯眯的，不说话，虞桉和虞杉的和解还有很长的一段路要走。

她很清楚家人对自己来说意味着什么，也很清楚虞杉对虞桉来说意味着什么。

即便她讨厌虞杉，依然对虞杉心存芥蒂，也明白虞杉终究是虞桉最亲的人。

她愿意放下隔阂，这不是出于妥协，同样是出于爱。

她抽空看一眼手机，上头显示着三个未接来电。

林清昼的脸色变了："完了，我记得李毫微好像也是这趟航班！我答应过要送他的！"

上了飞机，虞杉在空姐的指引下找到自己的位置。

她转头注视着窗户上的自己，抬手整理了一下发梢。她有强迫症，每时每刻都必须保持完美的姿态。

她心中有一瞬的迷茫，开始怀疑自己做的这一切究竟是不是对的，可即便她对自己产生怀疑，也依然不愿表露出来。

她犹在出神，窗户的倒影上，身旁忽然多了一个人。

紧接着，一个熟悉的声音在耳畔边响起："阿杉，好久不见。"

虞杉飞快地转头，她难掩惊讶："是你？"

李毫微。

虞杉跟李毫微认识得很偶然。

那几天虞杉正好在出差，她吃不惯酒店里的食物，便一个人出来买了快餐。那一刻，她无比庆幸自己选择跟专攻餐饮业的夏氏合作。

她在酒店外的喷泉水池旁碰到了同样在吃油炸食品的李毫微，同样的亚裔面孔，同样的国籍，且同样是拂风市人，一来二去两人便认识了。

他可以世界跑，他多次来虞杉的酒店寻她，直到她听闻虞桉和夏长悠订婚宴取消的消息后匆匆回了国。

作为一个事业有成的女人，虞杉身边不乏优秀的追求者，她能看得出来李毫微在追求她，也不得不承认，自己对这个年纪比自己小几岁但风趣幽默的设计师挺有好感的。

李毫微好整以暇地坐下：“好巧，刚刚我的好朋友林清昼说你也是这趟航班的时候，我还不敢相信。”

听到“林清昼”这个名字，虞杉顿了顿，脸上恢复了一贯的微笑：“你想说什么？”

李毫微转过头，神情微肃：“我想说，林清昼是我很好的朋友，我一直把她当成妹妹看待，不想她受任何委屈。”

虞杉心中一冷，脸上却依然在笑：“抱歉，你没有资格评论我。”

李毫微轻叹一声：“我只是心疼，你把自己逼得这么紧。”

虞杉一僵，倏地望向他。

“阿杉，你心里很清楚，虞氏和夏氏合作的纽扣不在于虞桉和夏长悠是否结婚，而在于你。是你一力促成了两家合作，你也有能力维持这段合作，根本不需要靠虞桉和夏长悠的联姻。”

虞杉沉默了一下，苦笑一声：“对，我只是不甘心虞桉脱离了我的掌控。”

李毫微笑着摇头：“阿杉，你只是还沉溺在过去。你失败了一次，所以无法承受再次失败。”

虞杉脸色微变。

那次门不当户不对的失败婚姻对她造成了很大的打击，那明明是她深爱之人，她不顾一切反对的声音下嫁给他，却落得背叛的结局。

自那以后，她发誓要一心扑在事业上，再不让自己和家人陷入那样的境地里。

“阿杉，虞桉有他的人生要过，你也有你的。即便他摔得遍体鳞伤，那痛苦也是他自己选择的。你呀，别把自己封闭起来，有的时候，你可以尝试着给别人一个敲门的机会——”

李毫微冲她眨眨眼睛，戏谑地笑了笑：“比如我。”

虞杉心中蓦地一动。

飞机缓缓启动，外头灯火通明。

安静又祥和。

虞杉一直不能理解虞桉为什么会爱上普通又平凡的林清昼，但这一刻她忽然想通。

每个人的悲喜都不相通，人生的节点选择很多，她无法掣肘虞桉的选择，正如这世上没有人可以阻止她成为一个厉害的女企业家。

所以这次，她愿意放手。

冬去春来，转眼又是一年初秋。

李毫微在拂风市做了一场国风婚嫁主题的时装秀，将古典元素与现代美学相结合。

他邀请林清昼作为特聘专家，每件衣服涉及的刺绣元素都由她亲手指导缝制。

林清昼也终于从李毫微口中知道，他之前提过的女强人缪斯就是虞杉。震惊之余，林清昼不由得感叹缘分妙不可言。虞杉一心忙事业，无心儿女情长，婉拒了李毫微很多次，但李毫微没打算放弃，一直和她保持着联络。

林清昼看得出来，李毫微乐在其中。

这次，虞杉在地球另一端忙着新酒店开业，没能到场，但她打来电话表达了祝福。

一年前，夏长悠生了一个健康的男孩，几个月后他们便补办了婚礼，穿着林清昼亲手缝制的那身龙凤褂。

夏长悠在骆昭然的支持下，终于如愿以偿踏入了娱乐圈。因为那段狗血到涉及拂风市三大豪门的四角虐恋，她受到了极大的关注度，不少影视剧向她投来了橄榄枝。

这次，将由她作为开场模特开启这次时装秀。

大秀开始之前，在后台化妆的夏长悠被几个记者围住了。

她和骆昭然之间的感情被整个拂风市津津乐道，没有人想到花花公子骆昭然会这么快走入婚姻，并且自此收心，将之前的桃色绯闻断得干干净净。

骆昭然唯一没变的爱好是对女明星一掷千金，那个女明星便是夏长悠，且只有她一人。

有记者问夏长悠：“将浪荡贵公子一举收服，您的秘诀是什么？”

年轻的女演员不假思索：“当然是……用孩子捆住他。”

提问的记者愣住了：“哈？”

夏长悠却扑哧一下笑出声，现在的她比过去活泼开朗了很多：“我开玩笑的。”

她思忖了两秒，眼风瞟了瞟人群之外含笑看着她的骆昭然，心中一定：“当然是用真心换真心。”

……

“前几天是您的生日，有路人拍到你们一同现身巴厘岛，请问骆先生有没有送您特别的生日礼物？”

夏长悠脸颊微微红了：“啊……特别的生日礼物啊……倒也不算特别吧，是一架私人飞机。”

在场女士艳羡，男士感叹。

时装秀现场来了不少明星大腕各界名流。

伴随着轻柔的中国风音乐，模特一个接一个上场。

夏长悠的步子很稳，她再也不是当时慌张怯懦的小女孩，她因自信而光彩夺目。她穿着红色的婚纱，纱裙上绣着一只只展翅的凤凰，鲜艳的色彩衬得她肤白如雪。

给大秀压轴的是林清昼。

她穿的是自己的最新作品，耗时一年，灵感来自新娘喜极而泣的眼泪。

这身龙凤褂她大胆地采用了白底白线来缝制，每个精巧的纹路上都缀着珍珠和碎钻，经由阳光一照，便闪闪发亮，可以说是价值连城。

嫁衣刚一完工，便受到了热烈追捧，不少人豪掷千金想要把它买下来，可林清昼没打算出售，只打算把它放置在工作室里，当作招牌展示。

若不是这次李毫微要举办国风婚嫁主题的时装秀，她也不会舍得把它拿出来。

她原本不想亲自上阵，李毫微却劝她说这身嫁衣对她意义非凡，她亲自展示才能最大程度地宣传自己，宣传刺绣文化。

林清昼脸上挂着微笑，她屏住呼吸，缓缓向前，当她走到T台尽头的顶点位置时，场上灯光骤然熄灭。

来不及反应，一束暖白的灯光便落在了她身上。她愣了愣，下意识转头寻找虞桉，却看到原本坐在T台左侧的虞桉不知什么时候站起了身，他换了一身白色西服。

他的身边，李毫微和夏长悠在大声欢呼，骆昭然也笑着鼓掌。

全场轰动。

林清昼心头剧震。

外界的一切声音根本干扰不到虞桉，他定定望着她的眼睛，跨步上了台。

林清昼看着那个英俊帅气的男人一步步向她走来，她全身开始不受控地颤抖。

她看着虞桉在自己面前单膝跪地。

他从口袋里掏出戒指盒的手也在微微发抖，可他的眼神却是镇定的，他轻轻吐出一口气，抬眼笑着喊她的名字："林清昼，我是虞桉。"

林清昼眼眶蓦地一热。

骆昭然和夏长悠举办婚礼时，林清昼是羡慕的。对于自己和虞桉的未来，她是期待的，也是憧憬的，但虞桉迟迟没有正式向她求婚。

她知道这不是容易的事，虞桉的家人没有完全接纳她，而且他工作太忙。于是她不开口催，她静下心来，专注于完成手中的嫁衣。

却没想到，他一直没有开口，并不是他不在乎，他精心策划了这一切。

他联合李毫微，用一场盛大的时装秀引她下套，只为这一刻。

虞桉问林清昼："你还记得高中我追求你的时候，说过的话吗？"

林清昼记得，可她想再听他说一遍。

于是她故意装傻："什么话呀？我忘了。"

可她嘴角的笑容怎么也掩饰不住。

虞桉微微一笑，抬眸正色："如果你第一百次才会答应我，那我就问够你一百次；如果你需要考虑九百九十九天，那我就等你九百九十九天，我会等到的。"

他们之间经历了太多波折，所以他势必要给她最独一无二的盛大求婚。

当着全世界的面，喊她的名字，牵她的手，拥抱住她，吻她。

虞桉的嗓音温柔而笃定："现在，你愿不愿意，给我这个机会？"

林清昼毫不犹豫，她将手递给他，她满眼爱恋和依赖："我愿意。"

她的心脏因他而剧烈跳动。

虞桉是天之骄子，他是最耀眼的太阳，所有人都仰望着他，可他偏偏注意到了隐藏在角落里拼命生长的她。

她渴望汲取温暖的阳光，所以她让自己也变成光。

她凭借自己的努力站在了他的身旁，她不用仰望他，她不再惴惴不安，她与他并肩而战。

重逢的故事从哪里开始，就要从哪里结束。

不，就要从哪里正式开始。

只要是你，佳期未晚。

这一生，唯你而已。

—正文完—

「番外二」你的情书

像往常一样，兰因中学的第一堂早课是晨读课。

林清昼也像往常一样，翻开课本专心致志地开始背诵杜牧的《阿房宫赋》。

在上一次考试中，她在这篇课文上绊了跟头，所以暗暗下决心，要将它彻底攻克。

她默读得差不多了，正打算去相熟的同学那背诵一遍，坐在前排的男生忽然转过身来，他把一个信封递给她，还冲她挤眉弄眼的："喏，情书。"

没听明白，林清昼茫然地抬头："给谁的？"

那男生抬高了嗓音："林清昼，给你的情书！"

前排陆陆续续传来哄笑声，林清昼后知后觉发现大半个教室的同学都在转头看她。

目光有好奇的，有艳羡的，有不屑的，还有难以捉摸的。

信封是白色的，上头清楚地写着林清昼的名字和送信人的名字。这封信从第一排第一个一路传递到林清昼手里，穿越了大半个教室，不知道经过了多少人的手。这么大张旗鼓的行为，除了虞桉以外，再不会有别人。

所有人都知道了，兰因中学的校霸虞桉给她林清昼写了一封信。

她害怕成为众人关注的焦点，顾不上看内容，她面红耳赤赶紧把那封信塞进了书包里，小声解释了一句："不是情书。"

她的耳朵却悄悄红了，心也乱了。

昨天下午，她一直默默关注的那个少年突然抱着篮球拦在她面前，他看着她的眼睛，直白地告诉她，他注意她好多次了。

虞桉身后的男生开始起哄，她以为只是一个恶作剧，不敢相信这种偶像剧剧情会发生在平平无奇的她身上，不敢和他对视，也不敢听他把话说完，吓得她落荒而逃。

可第二天，他却写了一封信送到了她手里，他是那么耀眼的人，而她再普通不过。她不敢猜测这封信的意图，他是想解释昨天只不过是一场"意外"，还是想嘲笑她不自量力，又或者，这真的是一封情书呢。

这天晚上，她把这封信小心翼翼地藏在了她最珍爱的童话书里。

她没有勇气打开它。

林清昼想，如果她不曾打开它，那么它便会成为一个深藏心底无法言说的秘密，她愿意相信它是美好的。

自那以后，她开始躲着虞桉，不再走途经篮球场的那条近路。她向班里同学解释那封信不是情书，她尽力撇清和虞桉之间的关系。

可两天后，她还是在食堂与他相遇。

她刚刚打好饭菜，一转过身便看到虞桉坐在了同班好友提前帮她占好的位置上，一对上她的视线，他便挑眉笑着冲她招手。

注意到同班好友无可奈何的表情，林清昼犹豫了一下，暗恼虞桉厚脸皮，不好意思上前。

虞桉索性站起身，神情坦荡，笑容张扬，无所顾忌地喊她的名字：“林清昼，过来坐。”

在他吸引更多注意力之前，林清昼只好坐了过去。

一坐下，林清昼便埋头专注于自己的饭菜，尽力想忽视虞桉的存在，可虞桉却没给她这个机会。

他手肘撑在桌子上，微微俯身专注地看着她：“林清昼，我的回信呢？”

林清昼一噎，低头盯着自己的盘子：“什么回信？”

“我送到你们班的信，你没有收到吗？”

林清昼身体僵直，不知道该作何反应。周围环境明明很嘈杂，可她却觉得很静，她所有的注意力都被虞桉吸引，只觉得对面他的嗓音很清晰，他的呼吸也很近。

少年却误会了她的沉默，皱紧了眉：“怎么回事？没有收到吗？你们班同学没有帮我把信送到你手里吗？”

他一锤定音：“我回头再写一封好了。”

林清昼慌了，生怕虞桉又大张旗鼓送信过来，赶紧解释：“我……我收到了。”

虞桉微怔，然后轻笑：“既然收到了，那我的回信呢？”

林清昼支吾了一下，依旧不敢抬头，拿筷子拨弄着盘子里的米饭：“我还没看。”

少年诧异：“还没看？为什么还没看？”

林清昼答不出来，随口搪塞了一句：“最近太忙了，我没时间……”

“连看信的时间都没有？”

“对。”

少年很好说话：“那算了。”

以为逃脱了他的追问，林清昼刚要松口气，不料他漫不经心地开口：“既然你没看，那我当面说好了。”

林清昼彻底僵住，不敢置信地抬眸看他。

虞桉正色，对周围好奇张望之人视若无睹，他唇边挂着笃定的笑：“那封信的意思很简单，林清昼，我喜……”

他话还未说完，林清昼便急急打断了他，他可以不在意别人的目光，她却不能：“食不言，寝不语！现在是吃饭时间。”

话一出口，她就后悔了，对面的虞桉果然扑哧笑出声来。

好整以暇地看着害羞慌乱的林清昼，虞桉眼中盛满了戏谑笑意：“好，林清昼，不着急，我们来日方长。”

不用拆开就知道，那真的是一封情书。

后来，虞桉将所有要说的话通通付诸行动。

天热时给她买雪糕和汽水，天凉时给她送毛毯，下雨时和她一块撑伞……

他为她做过那么多那么多事情。

他们之间的大部分回忆，都是他为她创造的。

很久很久以后。

早已成为虞太太的林清昼在整理旧物时，将这封尘封已久从未打开过的信翻了出来，她拿着信去书房里找虞桉。

她扬了扬信，好奇地问虞桉："那会儿你怎么会想到要写情书给我？"

见惯了风雨的虞先生脸居然有些红，他刚完成工作，正要回卧室休息。

他若无其事地走过来揽住"投怀送抱"的林清昼，试图将那封信抽出来，林清昼当然没有让他得逞。

他问："你还没看？"

林清昼摇摇头，故意逗他："现在想看了。"

虞桉握住她的手腕，俯首去寻她的唇，含混不清地说："没什么好看的。"

林清昼很不满虞桉这种回避的态度，坚持问他："说嘛，当初你怎么会想到要写情书给我？"

毕竟写情书这种行为与虞桉的校霸身份实在很不匹配，这种稍显老土的行为放在现如今来看，只会成为黑历史。

虞桉低头嗅了嗅林清昼发间的香味，也觉得当初的自己很好笑："嗯，怕你觉得我在开玩笑，所以想正式一点。"

林清昼却微微怔住了，她忽然意识到，从那时候起，虞桉就对她了如指掌了。

她是谨慎且传统的人，而他大胆又出格，怕她在听说过他过往的行径后，会下意识觉得他不认真不严肃不可信，所以选择了一个老套而正经的方式向她表白。

虞桉很轻地叹息了一声：“没想到计划失败了，你压根没看这封信。”

林清昼忍住笑意：“现在看也不迟啊。”

虞先生的身体很明显地僵了僵，半晌，他不动声色地开口：“真要看？”

说实话，他并不是很想重温那些幼稚的句子。

林清昼笑着挽住虞桉的胳膊，终于不再开玩笑：“不想重温黑历史吗？不看也行，你说给我听，你告诉我，你都写了些什么？我更想听你亲口说。”

虞桉很明显地松了口气，因为她难得调皮的话语微微挑唇。他单手扯了扯领带，望向她的眼眸晦暗不清：“等会儿，我慢慢说给你听？”

林清昼察觉到危险的气息，笑着挣开他的怀抱，一下子跑远了：“为免你毁尸灭迹，我先去把信藏起来。”

虞桉哭笑不得。

这封信，当年没有拆开，现在她也不打算再拆开。

少年时期的承诺，在经历分分合合，兜兜转转后，现在已然兑现。

那些爱过恨过哭过笑过的往事，都是在为未来做铺垫。

她已经认定了他是她将要携手一生的人。

而他亦然。

「番外二」她的心事

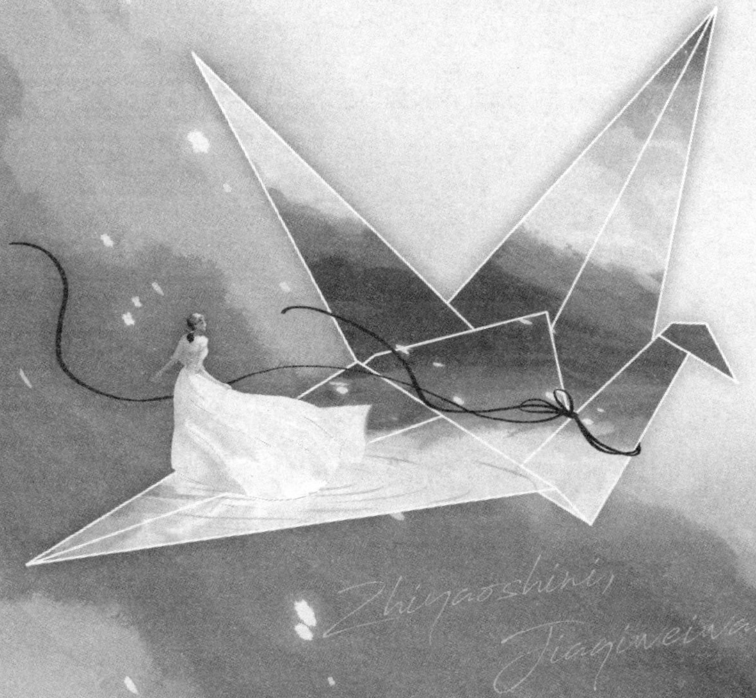

作为新晋小花旦，夏长悠最近很苦恼。

很多人都在暗地里猜测着她的婚姻能维持多久，甚至还有娱乐媒体放出话来，骆昭然的好好先生形象最多坚持到年底。

夏长悠苦恼的点和新闻上的推测不太一样，她苦恼的是——老公太爱我了怎么办？

夏长悠最近在拍一部大 IP 校园小甜剧，虽然各种绯闻让她名声大噪，不少影视剧主动向她投来橄榄枝，但另一方面，优秀的大导演会不屑于与她合作。

所以在生下宝宝后，她一边努力健身维持身材，一边寻找专业老师辅导演技。她很有天赋，也很幸运，靠自己的本事试镜争取到了这部未拍先火的小甜剧。

这天要拍摄一场重头戏，女主角冒着大雪向男主角表白。

夏长悠提前一晚背下了全部台词，包括男主角要念的对话她都熟记于心，她想以最完美的状态来呈现这一幕，一直到拍摄前，她都在认真顺台词。

等待现场置景的时候，骆昭然上了夏长悠所在的房车。

见骆昭然出现，助理识趣地离开，正在吃沙拉的夏长悠则眼睛一亮，她拉着骆昭然在身旁坐下：“你不是说今天很忙，没空过来的吗？”

骆昭然顺势牵住夏长悠的手，情话信手拈来：“想你了。”

作为拂风市知名花花公子，以及小花旦夏长悠的丈夫，骆昭然隔三岔五就会来现场探班。他每次过来都会准备好几辆餐车，水果甜品奶茶，应有尽有，对夏长悠极尽宠爱。

说是探班，实为监工。虽然骆昭然并不觉得夏长悠会被年轻帅气的男演员吸引，可他总担心其他人会觊觎他单纯可爱的小妻子。再加上这部剧的男主角是时下大热的小鲜肉，年仅十九岁，相貌帅气，粉丝众多，性格也很好，不少人评论说小鲜肉和夏长悠站在一起很般配。

这让他很不爽。

骆昭然替夏长悠拢了一下头发，看着她越发明显的肩胛骨，皱紧了眉头，心疼她吃这么少：“等拍完这场戏，我带你去吃大餐。”

夏长悠塞了一片生菜到嘴里，连连摇头：“不行的，我是女明星，每天都要上镜的，我要保持身材，不可以吃太多。”

骆昭然思索了两秒，忽然觉得自己支持夏长悠进入娱乐圈是件错事，他开始暗自谋划怎样才能让她放弃当一个连饭都吃不饱的女明星。

但这个时候，他当然不会打击她的积极性。

他把新打印出来的几张 A4 纸递给夏长悠：“对了，这是今天这场戏的剧本，导演稍微修改了一下。”

虽然没明白导演为什么把修改过的剧本给了骆昭然，但夏长悠赶紧把沙拉放下，开始专心致志地研读剧本。

翻看完剧本，夏长悠蒙了："吻戏怎么没了？"

骆昭然面不改色："导演给删了，说吻戏可有可无。"

夏长悠呆住了，没料到会有这种操作："这样不太好吧……这真的是导演自己的意思？"

骆昭然长眉一挑："当然。"

夏长悠倏地站起身："那我去问一问导演，这个剧总共就这一场吻戏，在这种女主角向男主角表明心意的重要节点，当然不可以删除。"

骆昭然将她重新拉回沙发上："好了，导演很忙，你就安心等待开拍吧。"

看着骆昭然稍显反常的举动，夏长悠忽然反应过来："等等，这部剧吻戏这么少，不会是你安排的吧？"

骆昭然笑了笑，没有否认。

擅自作主给导演施压，让导演删除吻戏，完全出自他的私心。

夏长悠是他骆昭然的妻子，她的身心，她的嘴唇，她的一切，只能属于他一个人。

骆昭然不理解："表白还不够吗？拥抱还不够吗？为什么非得亲来亲去？"

夏长悠好气又好笑，越是相处，她越是发觉，骆昭然占有欲极强，且小孩子脾气。

夏长悠给他顺毛，温声解释："如果你特别特别喜欢一个人，会不会想亲吻她？亲吻是表达情感的最直接的方式，这个剧的男女主角前期彼此爱慕却又不停错过，女主角终于找到机会向男主角表明心意，这时候就是亲吻的最佳时期，怎么可以删除吻戏？”

骆昭然漫不经心，索性把夏长悠拉到怀里，亲了亲她的嘴角：“借位怎么样？”

他不止想亲吻她，还想时时刻刻跟她在一起。

骆昭然心中苦笑，没想到自己也有今天。

夏长悠从骆昭然怀里挣开，仰头望着他，义正词严：“当然不可以了，现场工作人员那么辛苦布置的雪景，怎么可以借位造假？”

骆昭然一时沉默。

夏长悠继续软声细语安抚他：“好啦，只是拍戏而已，嘴唇碰一下嘴唇而已，没什么的，如果你不喜欢，那我下次不接爱情剧了，好不好呀？”

骆昭然紧绷的脸色这才稍稍一松，他吻了吻她的脸颊，总觉得不够，又亲了亲她的鼻子，这才松开她。

看着她期待的眼眸，他心中一软，勉强妥协：“就这一次。”

好不容易安抚好自家傲娇的骆先生，房车外忽然传来敲门声。

紧接着传来该剧女三号娇滴滴的声音：“昭然在吗？我有事找骆昭然。”

夏长悠的脸色一下子变了。

饰演该剧女三号的吴姓女演员是拍平面模特出道的，身材火辣却长着一张娃娃脸，颇得时尚界喜爱。两年前，吴姓女演员因为和骆昭然的绯闻，开始崭露头角，从十八线渐渐爬到了三四线。听说当年骆昭然非常宠爱她，屡屡为她豪掷千金，分开后还得到了一大笔分手费，很是体面。

今天吴姓女演员正好有一场戏，听到骆昭然出现的消息，便急不可耐跑来敲门了。明知道这是她的房车还做出这样的举动，显然是没把她放在眼里。

又或者，吴姓女演员和广大新闻媒体一样，认为骆昭然不可能收心。

夏长悠的心脏一瞬间收紧，一股凉意将她全身笼罩，僵硬得手指蜷缩，连话也说不出来。

虽然她知道骆昭然改变了很多，他为了照顾她和宝宝的身体，戒了烟，每天工作结束便早早回家。并且，他早已和过往纠葛断得干干净净了，他心中唯她而已。

可她还是无法不在意。

那些曾陪伴在他身边的人，是埋藏在她心里的刺。

她悄悄打量骆昭然的表情，却见他不耐烦地皱紧了眉。

他径直起身把车门打开，垂眼望着吴姓女演员："有事？"

吴姓女演员面上一喜："昭然哥哥，好久没见过你了，我很想你，今晚我正好有空，你要不要……"

骆昭然飞快地打断了她："你也拍这部剧？戏份多不多？"

吴姓女演员娇羞一笑："戏份不多呢，这两天刚开始拍我的部分，要是能再多一点就好了。"

骆昭然冷笑了一声："你要是还站在这里，我不敢保证，你会不会从这部戏里彻底消失。"

吴姓女演员呆住了。

骆昭然转头指了指屋内沉默不语的夏长悠，问："你知道她是谁吗？"

“夏长悠……”

骆昭然脸上挂着很淡的微笑：“原来你知道？她不仅是这部剧的女主角，也是我骆昭然的妻子，希望你认清你自己的身份。”

吴姓女演员不敢相信素来温柔，素来处处留情的骆少会变得这样冷酷无情，脸红一阵白一阵的，匆匆离开了。

骆昭然无所谓地耸耸肩，转身拥住依然僵直的夏长悠，他轻声问：“她是不是经常来骚扰你？”

夏长悠撇了撇嘴，摇摇头：“之前我没碰到过她，和她的对手戏过两天才会拍。”

骆昭然颔首，轻轻拍了拍她的后背：“如果她再来找你，你就打电话给我，我帮你出气。”

他懂她在想什么。

夏长悠笑出声，她回握住他的手，终于卸下心头的紧张与防备：“好。”

这天的拍摄最终顺利完成，夏长悠献出了自己的荧幕初吻。

骆昭然口头上虽然说不介意了，可脸色却不太好看。

这天晚上，骆昭然安排律师拟定了一份协议，他骆昭然若是做了对不起夏长悠的事，与她离婚，那他便净身出户，一分钱也不要。

消息一发布，吃瓜群众一片哗然，成功盖住了夏长悠荧幕初吻的热搜。

这下子，骆昭然深爱夏长悠这件事，终于让全世界都知道了。

图书在版编目（CIP）数据

只要是你，佳期未晚 / 鹿拾尔著. -- 南昌 : 百花洲文艺出版社, 2020.12

ISBN 978-7-5500-3969-8

Ⅰ. ①只… Ⅱ. ①鹿… Ⅲ. ①长篇小说 - 中国 - 当代 Ⅳ. ①I247.5

中国版本图书馆CIP数据核字（2020）第245119号

只要是你，佳期未晚

鹿拾尔 著

责任编辑 李梦琦
特约编辑 杨吉晨 封 言
装帧设计 蔡 瑑
特约绘制 早文吕
出 版 者 百花洲文艺出版社
社 址 江西省南昌市红谷滩世贸路898号博能中心A座20楼 邮编：330038
电 话 0791-86895108（发行热线） 0791-86894790（编辑热线）
网 址 http://www.bhzwy.com
E-mail bhzwy0791@163.com
经 销 全国新华书店
印 刷 长沙鸿发印务实业有限公司
开 本 880mm×1230mm 1/32
印 张 9.125
字 数 205千字
版 次 2021年1月第1版
印 次 2021年1月第1次印刷
书 号 ISBN 978-7-5500-3969-8
定 价 36.80元

赣版权登字：05-2020-284